〔中国书籍文学馆·散文苑〕

私生活

丽萍 题

裴指海/著

中国书籍出版社
China Book Press

图书在版编目（CIP）数据

私生活 / 裴指海著 . —北京：中国书籍出版社，2014.3
（中国书籍文学馆·散文苑）
ISBN 978-7-5068-4008-8

Ⅰ.①私… Ⅱ.①裴… Ⅲ.①散文集—中国—当代Ⅳ.①I267

中国版本图书馆 CIP 数据核字（2013）第 305181 号

私生活

裴指海　著

图书策划	武　斌　崔付建
责任编辑	卢安然
责任印制	孙马飞　马　芝
出版发行	中国书籍出版社
地　　址	北京市丰台区三路居路 97 号（邮编：100073）
电　　话	（010）52257143（总编室）（010）52257140（发行部）
电子邮箱	chinabp@vip.sina.com
经　　销	全国新华书店
印　　刷	北京富达印务有限公司
开　　本	650 毫米 ×940 毫米　1/16
字　　数	245 千字
印　　张	13.5
版　　次	2015 年 1 月第 1 版　2015 年 1 月第 1 次印刷
书　　号	ISBN 978-7-5068-4008-8
定　　价	26.00 元

版权所有　翻印必究

序

李敬泽

"中国书籍文学馆",这听上去像一个场所,在我的想象中,这个场所向所有爱书、爱文学的人开放,不管是白天还是夜晚,人们都可以在这里无所顾忌地读书——"文革"时有一论断叫做"读书无用论",说的是,上学读书皆于人生无益,有那工夫不如做工种地闹革命,这当然是坑死人的谬论。但说到读文学书,我也是主张"读书无用"的,读一本小说、一本诗,肯定是无法经世致用,若先存了一个要有用的心思,那不如不读,免得耽误了自己工夫,还把人家好好的小说、诗给读歪了。怀无用之心,方能读出文学之真趣,文学并不应许任何可以落实的利益,它所能予人的,不过是此心的宽敞、丰富。

实则,"中国书籍文学馆"并非一个场所,它是一套中国当代文学、当代小说的大型丛书。按照规划,这套丛书将主要收录当代名家和一批不那么著名,但颇具实力的作家的长篇小说、中短篇小说集和散文集等。"中国书籍文学馆"收入这批名家和实力作家的作品，就好比一座厅堂架起四梁八柱，这套丛书因此有了规模气象。

现在要说的是"中国书籍文学馆"这批实力派作家，这些人我大多熟悉，有的还是多年朋友。从前他们是各不相干的人，现在，"中国书籍文学馆"把他们放在一起，看到这个名单我忽然觉得，放在一起是有道理的，而且这道理中也显出了编者的眼光和见识。

当代文学，特别是纯文学的传播生态，大抵集中在两端：一端是赫赫有名的名家，十几人而已；另一端则是"新锐"青年。评论界和媒体对这两端都有热情，很舍得言辞和篇幅。而两端之间就颇为寂寞，一批作家不青年了，离庞然大物也还有距离，他们写了很多年，还在继续写下去，处在最难将息的文学中年，他们未能充分地进入公众视野。

但此中确有高手。如果一个作家在青年时期未能引起注意，那么原因大抵有这么几条：

一、他确实没有才华。

二、他的才华需要较长时间凝聚成形，他真正重要的作品尚待写出。

三、他的才华还没有被充分领会。

四、他的运气不佳，或者，由于种种原因，他的写作生涯不够专注不够持续，以至于我们未能看见他、记住他。

也许还能列出几条，仅就这几条而言，除了第一条令人无话可说之外，其他三条都使我们有足够的理由对这些作家深怀期待。实际上，中国当代文学的丰富性、可能性和创造契机，相当程度上就沉着地蕴藏在这些作家的笔下。

这里的每一位作者都是值得关注、值得期待的。"中国书籍文学馆"收录展示这样一批作家，正体现了这套丛书的特色——它可能真的构成一个场所,在这个场所中,我们不仅鉴赏当代文学中那些最为引人注目的成果,而且,我们还怀着发现的惊喜,去寻访当代文学中那相对安静的区域,那里或许是曲径幽处,或许是别有洞天,或许是,众里寻他千百度,蓦然回首,那人却在,灯火阑珊处……

目录

第一辑　私生活

记忆线索：木扎 / 002

最美的三姐 / 006

1980年的五毛钱 / 010

金色的蝎子 / 013

丢　了 / 016

学校和我 / 020

你离我很近，又很远 / 025

生　活 / 030

姐姐，我想回家 / 033

你在我梦里，我在他诗里 / 036

我爱你，我不爱你 / 040

第二辑 纪念品

战争杂碎 / 046

梦游者之歌 / 049

瞎话儿 / 053

战争回忆录 / 056

毛小姐 / 070

钢盔呼吸 / 076

第三辑 编年史

我和裴指海 / 082

在一起 / 090

师妹你好 / 097

十　年 / 104

大冒险，说真话 / 108

望高山 / 114

我办事，我放心 / 119

致敬 2010 / 123

我已开始 / 127

我知道你今年干了啥 / 130

看上去很悠闲 / 135

写作史 / 139

写作任务 / 143

打满马赛克的《山楂树之恋》/ 146

秘　密 / 149

看了《盲山》/ 151

感谢老兵 / 153

忽然一周 / 155

第四辑　四海之内皆朋友

我被惊呆了 / 158

最柔软的也是最有力量的 / 161

哭泣阅读 / 165

启示录 / 168

文学叛徒的自供状 / 172

温暖与抚摸 / 175

回到汪建辉的小说中 / 178

他们终将老去 / 183

在路上 / 186

拒绝梦想,也拒绝庸俗 / 191

现实军营的另一张脸 / 196

萧潇和她的写作 / 199

第一辑 私生活

记忆线索：市扎

很多年前，我坐在家乡北边小小的山坡上，忧伤地望着破烂的村庄，虚无像水一样从脚漫过头顶。很早以前，我就觉得乡亲们活得真可怜，辛苦地养活了几个儿子，可大多数都是不孝之子，七八十岁了，眼睛都看不清东西了，还在地里干活。东躲西藏地超生男孩出来，咬牙供他们上学，却又不知道如何教育，大多数都不成器，小学没上完就要出去打工，娶了媳妇仍然不孝。村庄里有一个和我同龄的，小时候玩得很好，在我还没恋爱时，他已经有了孩子。那年回家探亲，路过他家门口，听到旁边一个烂草棚里有人在骂他老婆再生儿子难产死掉，他的老婆则在旁边端着饭碗咒那人早死。那人就是他母亲，他父亲早就去世了，母亲瘫痪，脖子以下无法动弹，他们就把她放在那个烂草棚里，吃饭时把饭碗放在床头，让老人自己歪着头吃。老人把饭碗拱掉了，他们却不管，老人就气得在那里破口大骂。他坐在门槛上，使劲地吸溜着面条，就好像什么事都没有发生一样。

我还知道，就在一年前，在他去南方打工的那几个月里，他的老婆像换了一个人一样，每天打扮得干干净净，因为有个另外的男人住在了他们家。他知道后，再也不出去打工了，守着她继续过着不咸不淡的日子。有时，我会有一个奇怪的想法：如果他爱她，他应该出去打工，那几个月可能是他老婆这一生中最值得怀念的几个月。她现在恢复了原来的模样，一头乱发，屋里到处都是鸡屎和猪屎。

每次回去，虚无的感觉都在倍增，我不知道像牛一样的乡亲们辛苦地活着到底有什么意义。诗意的乡村是作家们臆想中的乡村，乡村其实是一个最无情最冷酷的地方。

在我父亲还在的时候，邻居家出去躲计划生育了，他把家里的房子托付给我父亲，他甚至都不放心他的兄弟。那时的计生办是会拉牛和扒房子的。我清楚地记得，那帮计生办的人气势汹汹地来扒房子时，父亲像个勇士一样守着不让他们动手。他很狡黠地声称，这房子已经卖给他了，任何人都不能动。他保护了他们家的房子，没有任何报酬。但就在父亲去世的第二年，九月开学了，母亲去他们家为我上学借二十块钱时，他们却说一分钱都没有。而前一天，他们才刚刚卖了一头牛，牛经纪是我大伯，他说，那头牛都卖了四五百元呢。但他们就是不肯借给正处在艰难中的我们家一分钱。我还知道，当母亲刚刚跟着大学毕业的哥哥住到县城时，还是这家邻居翻进我家院墙撬开门，把那些并不值钱的家当席卷而走。

我们不恨他，因为乡村的不少人都是这样，眼前一点点利益就会让他们的眼睛混浊，看不到一步之外的阳光。即使亲人，亲情也实在经不住考验。在我父亲去世时，家族曾召开了一个会议，有人提议让一辈子光棍的大伯跟着我们，我们兄弟把他养老送终。应该说，这是个合理的建议。但他和叔叔一起，坚决不同意，理由是我们家的孩子都在上学，负担太重了。姑姑也劝母亲，让已经上到高中的哥哥姐姐辍学。最后是让正在上小学五年级的三姐辍学了，她那时学习多么好啊，还是班长。那年她14岁。我清楚地记得，她回到家的第二天，她的班主任，一位年轻的女教师来到了我们家，劝三姐继续上学，她给学校说好了，什么钱也不用交。可我们兄妹六人，不可能让母亲一个在家操劳着供养。那个班主任老师我已经记不清名字了，但我清楚地记得，她最后是哭着离开了我们家。

我前几年回家时，大伯已经老了，他对我说，按照旧社会的规矩，你应该过继给我的。我把它当作一个笑话听了。我看到他跛着一条腿在走路，布满皱纹的脸充满苦难，眼神更加混浊。

再往上推，我在上小学一年级时，放学回家，路过奶奶家，因为口渴，跑到奶奶家要从缸里舀一瓢水喝时，被奶奶赶了出来。父亲看到了，然后又是和她吵架。即使父亲去世了，婶婶和堂姐们依旧会跑到我们家门口来吵架。如今回到老家，叔叔总要杀鸡打酒，我是有一点别扭，但从他的脸上，我明显又看到了父亲的影子，他们兄弟长得很像。有多少次，并不是去吃饭，而就是想多看看他。

母亲和三姐艰难地把我们供养成了大学生，在繁重的农忙季节，住在同一个村里的亲人们都背过脸去，装作没有看到。而等我们有工作了，他们又突然亲热起来。哥哥和姐姐在家乡，他们力所能及地在帮助他们。

就在几天前，和母亲一起说着家乡的往事时，突然知道，我们村里有两家原来都是一个家族的，他们的父亲是亲兄弟。我愣了好大一会儿，在我印象中，他们两家像仇人一样，从不来往的。我在老家生活了十八年，居然一直都认为两家虽同姓，但根本就没有任何血缘关系。

需要说明的是，我们村庄是个小村庄，只有二十来户。

不但是他们，我们自己活着又有什么意义？几十年后，最终都要死去，经过两代，你的名字可能就不存在了。我就不知道我爷爷叫什么名字，我母亲也不知道。就是有家谱，又有什么意思？那么多人名，谁知道你是谁？你就是一个著名人物，你的书籍死后还能流传，你的"秦皇汉武"还有人称颂，还能"再活五百年"，但五千年呢，五万年呢，五亿年呢。地球会死去，太阳系会死去，就说人类可以移民外星系继续存在，但整个宇宙也会死去，会塌陷成一个无限小的点，然后爆炸，然后又诞生一个新的宇宙，但原来的一切都不复存在。人在地球上多么渺小，地球在宇宙中又多么渺小，即使宇宙，在时间中又是多么可怜。

所有的奋斗又有什么意义？我们想让后代把我们的生命延续下去，但未尝不也是让他们在这个世界上痛苦地走一趟，把我们自己的痛苦也延续给了他们。如果他们不曾出生，这个世界丝毫不会有任何改变。

都很可怜。当官的可怜，赚钱的也可怜，都是欲望的奴隶。在这个时代写作的作家更可怜，那点可怜的虚名毫无意义，既不能给你带来金钱，又不能让你死后青史留名。就是青史留名了又有什么用处？青史在时间里不过是一缕轻烟，根本就无法抵抗虚无。两千年来青史给我们留下来多少人名，两万年后呢。何况，两万年后，也许地球已经死寂一片。地球其实像人的生命一样脆弱，气候变暖，核战危险，行星碰撞……任何一次突如其来的灾难都会让它变成一颗死寂的星球。

虚无是个客观存在。抵抗虚无就是要积极地活着，不当奴隶。如果我爱你，那么请你也爱我，我们的一生都是孤独的，我们的爱可能会抵御虚无的侵蚀，让生命更踏实一点。如果我知道生命本身就是虚无的，那么我就有理由在内心里舍弃一切，淡然地踏实地活着，积极地活着。

对我来说，就是写作。

最美的三姐

为公差所累,春节不能回河南老家,给家里打电话。和往常一样,和三姐聊得最多,我们年龄相差不大,有话可说。而大姐和大哥,虽然也很亲,但几乎是两代人了。

我和三姐什么都聊。她说,我给你说一件好玩的事情。

应该是一二十天前吧,她从县城回镇里。那个镇我去过很多次了,是在深山里面,典型的盘山公路,在高处往下一看,头晕目眩的那种。快到镇里时,前面堵车,还围着一群人。她问路边的人是怎么回事。有人说,前面出车祸了。她过去一看,只见一个三轮车停在一边,地上躺着一个男人昏迷不醒。一个二十来岁的年轻人跪在地上向围观的人们磕头,头磕在地上咚咚地响,求人们救救那个倒在地上的人。再一问,原来是这个年轻人的三轮车把人撞了,给县城的120打电话,120过不来。也许是忙,也许是觉得路况不好吧。镇卫生所的医生来过了,看了以后摇头,说没治了,那个人随时可能死去。年轻人吓坏了,只能向围观的人们求救,央求人们帮他把那个人送到县城医院里。他们都不是本地人。路上停了那么多车,围了那么多人,但没有人动,都只是在那里看热闹。三姐知道了是怎么回事,立即说,来吧,我正好有车,我把他送到医院去。

她去帮那个年轻人抬人时，旁边还有两个认识三姐的人拉住她，说，你不要去，万一他们讹着你呢？万一人在半路死在车上，那多晦气。三姐说，没事，你们都是证人。她和年轻人把那个昏迷的人抬到车上，立即向县城开去。年轻人吓得不行，怕那个人死去。三姐说，你一直守着救他，你做得很对。三姐还安慰他，没事，咱们是救人的，老天在看着，就一定不会让他死，会让咱把他救过来的。三姐还真是说对了，老天让他们把他救了过来。到了县城医院，医生进行抢救。还好，那人只是被三轮车撞倒后晕了过去，没有生命危险。过了几天，那个年轻人和他的父亲来看三姐，买了礼物，还一定要送钱给三姐。三姐推不掉，收下了礼物，钱，她是决不会要的。年轻人说，三姐这样好的人，他会记住一辈子的。

三姐连小学都没有上完，她也许并不知道"彭宇案"，不知道小悦悦，不知道这些年发生的类似事情。我没问她知道不知道，我怕打碎她对世界对现实的美好想象。但我也相信，即使她知道这些事情，她也会这么做的。她是一个非常善良的人。

三姐还说，镇上有人说要给电台打电话说说这事。三姐说，别，千万不要。她没想那么多，要是报道了，反而没一点意思了。我在电话里对三姐说，你做得很对，整个事情都做得很对。这是咱做人的本分，如果报道了，里面的人也不是咱了。其实我也很犹豫，本来也不应该写这篇博客。但我这两年听了太多"老人扶不起"的新闻，现在听说这样一件事，况且还是发生在我最亲的亲人身上，惊奇的成分更多一点。我由衷地为三姐的所作所为感到自豪。

一下子想起很多往事。我们兄妹七人，除了四姐从小被姑姑家抱养走，少年时人生最苦的是三姐。兄弟姐妹中，数她文化程度最低。她上小学五年级那年秋天，父亲因为意外去世，我们兄弟姐妹都在上学。亲戚们聚在一起商量怎么办，除了让我们兄弟姐妹中有一个人不上学，和母亲一起在家干活供养其他人上学外，没有其他办法了。姑姑建议让哥哥辍学，理由是，咱老裴家从来没有出过干部，没这个命，还是算了吧。大哥大姐是高三，尽管他们都愿意辍学在家帮助母亲操持繁重的农活，但和父亲一样要强的母亲坚决不同意，再有一年就高考了，怎么舍得让他们辍学呢？刚满十四岁的三姐主动说，那我不上学了。那时三姐刚上五年级。她的学习成绩是班里第一名，还是班长。辍学的第二天，班主任跑了七八里路到我们家，说给校长说好了，三姐的学杂费、书费都不要，一分钱都不要，三姐继续上学，不然，太可惜了。那是1983年，河南农村刚刚实行联产承包责任制，一口人近三亩地，我们家有十多亩地。附近的村庄都说我们村是"劳改营"，可见农活之繁重。要供养我们兄弟姐妹六人上学，的确太艰难了，必须得牺牲一个人。我后来听三姐说，那天，班主任见无法挽回三姐失学的事实，最后她是哭着离开我们家的。虽然世事艰辛，但现在想想，让三姐辍学，也许是一个失误。如果能时空倒转该有多好，无论再苦，我都会支持三姐继续上学的。

我坚信，三姐如果继续上学，她会比我们兄弟姐妹其他人都更有出息，她会拥有更美好的人生。她虽然连小学五年级都没上完（事实上，只是完整地上完了小学四年级，五年级刚开学不久，父亲就出事了），但她喜欢读书、写作。我刚当兵那两年，她还在地区日报副刊发表过一篇七八百字的散文诗，还在家乡的《声屏周报》发表过一篇千字文，那篇文章是写我的，完全不像一个只有小学文化的人写的。后来这篇文章还获了一个三等奖。她很想去领奖，但在同样小学都没上完的姐夫讽刺挖苦下，就没去领奖。后来为生计操劳，她就没再写过了。但这肯定是她的一个梦。三姐说，春节后他们的那幢楼房盖好了，她要专门弄一间做书房。

放下电话，怅惘了好久，我发表了那么多的小说，出版了六本书，我居然没有给她寄过一本。主要是觉得她太忙。但这不是理由。

我甚至还不如我母亲。当初让三姐辍学，始终是母亲的一块心病。前年母亲在南京时，有一天突然对我说，三姐的女儿小时候对她说，外婆，都怪你，为什么不让我妈上学了？小孩子也许是随口一说，说不定她也早就忘了，但母亲却一直记着。给我说完，母亲长长地叹了口气。母亲还告诉我，秋收的时候，三姐拉着架子车，她在后面推着，上坡的时候，车子突然往下滑，把三姐带倒，在地上拖了很远。三姐起来后，坐在地上呜呜地哭了。那时我还小，什么都不懂。因为父亲母亲哥哥姐姐都宠着我，我甚至连农活都没干过多少，最熟悉的就是放牛。把牛缰绳盘在牛角上，我们一帮人就跑去游泳、打马蜂去了，晚上再牵着牛回家。这是我干得最多的农活。此时此刻，想象着母亲和三姐昔日忙碌的身影，眼角不禁湿润。三姐辍学那年十四岁，长得瘦小，但却要干着成年人才能干的繁重农活。那不是一年两年，而是将近二十年啊。三姐到现在还是很瘦，母亲则经常腰疼腿疼。除了二姐和从小被姑姑家抱养走的四姐还在农村生活，我们其他兄弟姐妹都算是学有所成。我们都深知，是我们家两个伟大的女性的供养，才让我们有了今天。这个，永远都不能忘记。

在新的一年里，祝三姐身体健康，祝亲人们的日子更美好。

1980年的五毛钱

1980年的夏天表哥到我家来了。表哥虽然瘦瘦的像个小黑狗，但他非常厉害。他能用铁丝和自行车上的链子做成一支玩具手枪，把火柴头塞进去，一扣扳机就响，声音清脆悦耳像真的一样。他还能用一根牛尾巴上的毛，结成一个活扣绑在一根竹竿上去套比我还机灵的知了，并且百发百中。在贫穷的1980年，我们把这些知了放在火中烧熟，是无上的美味。这让村里许多少年眼红，他们像一群无头苍蝇整天跟在我和表哥的身后，我就可以狐假虎威洋洋得意一段时间。因此，表哥到我家做客，我就像迎接五十年代的苏联老大哥一样，目光中充满了崇拜。

表哥家离我家有十五六里远，并且还都是弯弯曲曲的小路，还要经过一座乱葬岗，周围的柏树阴森森地怕人。但表哥不怕，他经常一个人到我家来玩，表哥那年只有八岁。这一点也让我佩服，觉得他像林海雪原里的杨子荣一样，当然，我爹也不是座山雕，他只是我们生产队的小队长。因为我爹是个小队长，所以我家虽然也穷，下雨天也得用洗脸盆接屋顶上的漏水，但我家的生活还是比表哥家好。终于有一点可以向表哥炫耀，这让我很自豪。"你爹是个贪官，长大后我要当个清官，把你爹抓起来。"表哥吃完我妈给他做的蒜苗炒鸡蛋后，打着饱嗝很不服气地对我说。这让我有点委屈，天地良心，我家的鸡蛋都是我妈从鸡屁股眼里抠出来准备换盐的，要不是我妈和小姨的感情深，我妈才舍不得拿出来呢。上次公社王书记到我家吃"派饭"，我妈和我爹吵了一架都没拿出来。

表哥到我家的第三天，我爹要去公社开会，我妈让他买几斤盐。她小心翼翼地解开衣扣，在她那黑乎乎的内衣上有个暗袋，她取下暗袋上的别针，掏出一叠脏乎乎的钱，都是些一角两角甚至是一分两分的纸钱，她用手指沾了点唾沫，艰难地从里面抽出一张五毛钱，又把剩下的很仔细地装进暗袋，插上别针，又很不放心地按了按，这才把衣扣扣上。我爹说："先把钱放在桌上，我去换身衣服。"我爹有一身在家从来都不穿只有出门才穿的衣服，打我懂事起，爹出门就穿这一身衣服，我爹说这是"喝茶衣服"。我妈就把这五毛钱放在桌上，然后就出去喂猪了。

事情发生的时候我没有一点思想准备。我妈刚一出去，表哥一个箭步蹿过去，一把抓住桌子上的五毛钱，撒腿就往外跑。刚开始我还没反应过来，不知道是怎么回事，等我反应过来以后，表哥已经蹿出了院门。在这之前，我一直觉得跑得最快的是兔子，等表哥蹿出院门以后我才知道，跑得最快的不是兔子是表哥。我站在门口，闷闷不乐地对我妈说："妈，表哥把咱家的五毛钱拿跑了。"

我妈没上过学，所以反应比我还慢，她迷迷糊糊地问我："你说啥？"我很沮丧地说："表哥不知道为啥拿着咱家的五毛钱跑了！"我爹也听到了，他的反应比我妈快，他气急败坏地提着"喝茶裤子"朝我妈吼："日你妈，还不快追！"

我妈立刻扔下喂猪的盆子，她静如处子动若脱兔，尘土在她脚下飞扬，风声在她耳边呼叫，我妈像疯子一样飞快地向村外追去。我家的大黑狗惊奇地汪汪叫着尾追而去。我也提着两只破鞋扑腾扑腾地跑着，我爹提着"喝茶裤子"，骂骂咧咧地跟在后面。就这样，在1980年我们村庄外面弯弯曲曲的小路上，表哥脖子上挂着两只破布鞋头也不抬勇往直前，我妈、我家的大黑狗、我和我爹跟在后面穷追不舍。路边野花盛开草长莺飞一派生机，阳光温柔，麻雀在树枝上唱歌，我们跑得两腿发酸口干舌燥眼冒金星，我妈开始时还喊着"停下来，停下来"，声音也越来越弱慢慢地也不喊了，但她越跑越有劲，和表哥的距离越来越近。表哥一边跑一边在百忙之中回头慌慌地瞄一眼，但他越来越慢，在跑了七八里我妈快要抓到他时，他突然被一块石头绊倒了，膝盖上鲜血直流，我妈一下子扑过去，使劲地掰他的手指，表哥咬着嘴唇眼睛里噙着泪手握拳头说什么也不松，但他力气没有我妈大，我妈掰开他的手指，一把夺过那张皱巴巴的五毛钱，小心翼翼地捋平拍好，放回了暗袋，然后一声不响地往回走。我家的大黑狗平常和表哥玩得很好，但它也发觉气氛不对，很狗仗人势地冲着表哥汪汪地叫了两声，又摇着尾巴去讨好我妈。我跟在我妈后面，回头看了看表哥，表哥正坐在地上，双手捧着流血的膝盖，他眼睛里噙着泪水闪闪发光，他狠狠地对我说："你把我给你的火柴手枪还给我！"他样子十分凶恶，我忙扭过头，拉着我妈的手，磨磨蹭蹭地往回走，路上野花灿烂，阳光温柔，鸟儿都在歌唱。

金色的蝎子

有次朋友请客,很神秘地告诉我们,这家酒店新推出一道名菜,很好吃,保证你吃过就忘了自己是谁。等到这道名菜端上桌子,却是"油炸蝎子",遍身金黄,香脆可口,果然好吃。但我吃过以后,不但没忘了自己是谁,反而更加清醒地想起自己曾是河南南召乡下一个穿着开裆裤的农民的儿子。

那时候就经常吃"油炸蝎子"。

吃"油炸蝎子"不是因为我家是贵族,相反我家穷得只有三间土坯草屋,并且还漏,一下雨就得把锅碗盆罐全拿出来接雨水。但我们那儿蝎子很多,运气好的话,有时一块石头下面能找到两三只。药店收购蝎子,个头大的五分钱,小点的两三分钱。这在当时,是非常贵的,那时一斤猪肉才四、五毛钱。我上小学时,一学期三块钱的学费全靠自己捉蝎子。从这个意义上来说,要不是蝎子,我还上不了学,有可能现在还是那个名叫庙岭的小村里的一个农民。蝎子牺牲自己,成全了我,让我顺利地从刘村小学毕业,考上太山庙乡中,又到了南召一中,虽然高考落榜,但由于基本功扎实,顺利考上军校,现在是军队里的一名专业作家。

小时候除了过年,很少吃肉。我们想肉想得在夏天跳到河里捉虾生吃。家在鸭河口水库边，虾子很多。那时似乎还没有人专门捉虾子卖，手伸进水草里就能捉一大把。吃法简单实用，把虾的头和尾巴掐掉，填进嘴里咂咂地吃掉了。最好吃的还是蝎子，蝎子最多的时候，一只仅卖一两分钱，我们捉了几十个，倒一点猪油炒炒吃，父母偶尔也吃一两只，但大部分都让我们吃了，我们像小黑狗一样营养不良。父母看着我们吃得狼吞虎咽，常常有幸福的笑容浮上脸庞。

我们还亲眼看到母蝎子产子的情景。挺着大肚子的母蝎子一动不动，它的背部突然裂开，几十只小小的白色的蝎子纷纷从里面爬出来。那时觉得母蝎子很伟大。但大人告诉我们，公蝎子同样也很伟大，母蝎子快产子时，不能行动，就靠吃掉公蝎子来汲取营养。可惜，这样的情景我们一直都没见到。

被蝎子蜇着了，是非常痛的。我被蝎子蜇过五次。

我本来是没必要被蝎子蜇的。

我们捉蝎子用的是两根筷子，但筷子很不灵活，往往夹了三四次才能夹住蝎子送到瓶子里，要命的是经常把蝎子夹得皮烂肉破，等到卖的时候，大多死掉了，死掉的蝎子价钱都是很低的。捉蝎子最方便的是用镊子。但镊子很少，我们村只有吴先生有。吴先生是医生。家乡医生很少，所以很受尊敬，都称之为先生。吴先生家没开药店，他只看病和给病人打针，也不收钱，所以在我们村里更受尊敬。有一次，我和他儿子把他家的镊子偷出来用了一下午，捉了不少蝎子。晚上兴冲冲地回来，却发现镊子丢了。吴先生倒没什么，但我爹却很过意不去，连夜拉着我，打着手电筒到山上去找，我们一个石头一个石头地掀开，一直到半夜也没找到。这让我爹更加生气，觉得没法向吴先生交代，他越想越气，突然折了一根树枝，劈头盖脸地向我抽过来。农村的孩子又很老实，也不敢躲，只是用两只胳膊护住脑袋，但脸上还是被抽出了几道血印子。然后，我爹拉着我去给吴先生道歉。

从这以后,为了争口气,也是为了让蝎子卖个好价钱,我也不用筷子了,试着用拇指和食指直接去捏蝎子的尾针,只要捏紧,让它的尾针朝上,蝎子是没办法蛰的。这样捏了好几天,还是被蝎子蛰了,当时只觉得麻麻的,过了一会儿,手指钻心地疼,感觉这种疼传遍全身,但也不敢哭爹喊娘,恐怕爹娘知道了又要挨打,就使劲咬牙忍住。晚上回去时,竟然奇迹般地没有肿,也不觉得疼了。心里还感到挺兴奋的:这和黄蜂蛰的没什么不同嘛,一会儿就过去了。乡下孩子,被黄蜂蛰,这是家常便饭。那也是因为嘴馋。黄蜂的蛹烧熟了也很香,我们常常到野外找蜂窝,然后慢慢地爬过去,很仔细地把一把干草放在蜂窝下,然后从下面用火柴点着,把黄蜂烧死了,蜂蛹也烧熟了,香喷喷的好吃。但这也很危险,被黄蜂发现了,追着蛰你,我有一次被黄蜂追得不行,只好狗急跳墙地连衣服都没脱,跳进河里扎个猛子呛了两口水才躲过去。

后来又被蝎子蛰过四次,都没一点感觉了,眉头也不皱了,手指也没肿过。按照书上的说法,这是产生抗体了。

其实那时我们才只有七八岁。

丢 了

有时有些事情充满无奈。我明明知道她就在我周围,我可以清晰地感受到她近在咫尺,伸手可触,甚至可以听见她的呼吸,数十天甚至一个月地想她,白天想她,晚上也想。她的影子无处不在,我甚至费尽心血,想出各种方法要把她找出来,重新拥有她。如果我能重新得到她,我发誓一定会用一生善待她,呵护她,把她当作世界上最珍贵的保护好她,再也不会怠慢她了。我在心底里无数次呼唤着她,但她却没有一点反应,她在我心上,但我却根本就找不到她了。我有点委屈,我把所有的深情都给她了,她还是那么决绝地离开我了。虽然我相信这可能是暂时的,她会想通的,会明白这个世界上,最爱她的人还是我。我不想曾经拥有,我想天长地久。巨蟹座可能都是这样的,有过,就不会忘记了,就永远牵挂着。

我只能盼着奇迹能出现,在我把她忘了时,希望她能重新出现。

在一个什么都需要证件的国家里,事情很严重:我的大学毕业证书丢了。

一年前的这个时候,我把她随手往桌子上一放,然后她就不见了。一个月了,家里找了,办公室里也找了,地毯式地搜索,连当兵时的侦察专业都用上了。如果能"人肉"它,相信我也早就"人肉"它了。她很沉着，一点线索都不给我。如果我把这点功夫用在勾引良家妇女上，良家妇女也会喜欢上我的。我还真没见过这么顽固的，任我手段用尽，一点都不动心。

还是去年四五月份用了一次，就是弄那个职称的事，拿到街上复印了一下，回来后，我印象中是放在办公桌上，也许是装在某个档案袋里，也许是放在某一个隐秘的地方了。我记得我当时还犹豫了一下：放在这里丢了怎么办？但我当时又想，很快就把她拿回家放好的。

我现在忘了是放在家里了，还是没放。但我印象中放在办公室的可能性更大一些。但办公室里每一个角落我都找过了，没有一点影子。事实再次说明，有些事情你是不能碰的，一碰就倒霉。职称没过不说，连毕业证书都贴上了。这说明自律是很重要的，不能干坏事。我觉得评职称就是一件很坏的事情。我是主动去干的，这就不对了。这是上天对我的一次考验。

可能性有三：

一是我把她混在杂物里当作垃圾清理掉了。

二是我把她放在家里或办公室某一个连我都不容易找到的地方了。

三是我把她放在自行车篓里回家时，到了楼下就忘在自行车篓里了（这种事经常发生）。

这个证件肯定是有用的，更倒霉的是，我的高中毕业证早都丢了，初中、小学的更不用说了，幼儿园不知道发不发毕业证，反正我也没上过。上文说过，中国是个什么都需要证件的国家，孙志刚没证件，都被人打死了。我呢？身份证没丢，小命没事，但我现在是个文盲了。同志们，你们现在看的这篇文章是个文盲写的。

办法有四：

一是合理合法地向原学校申请补发。鉴于对官僚机构的严重不信任，并且自尊心不允许我低三下四地求人，这是一件麻烦的事情。

有利的地方是，我有朋友和校方领导熟悉，可以用符合国情、有中国特色的办法变通一下，可以比别人省事一些。但像我这样对把公权力当作私权力用的深恶痛绝的人来说，不到万不得已时是不会考虑用这个办法的。也许会用正常的办法先试一试。如果实在麻烦，存心不让你正大光明地办成事，可以考虑下列两个方案。

二是考虑到一般情况下用的是复印件，把同学的毕业证书借来复印一下，把他的名字换成我的，然后多复印几次，据说就能变成自己的了。有人用这个办法复印别人的文章，然后拿着到求职单位说是自己发表的。据说，还成功了，那单位还不错。给我说这个办法的就是这位同志。本来是个挺不错的哥们儿，但他给我说了以后，我就知道我俩的友谊到此就算完了。因为你没办法总是对一个你所恶心的人保持一脸假笑。

三是把同学的毕业证书借来复印一下，然后去街上的牛皮癣上找一个造假证的，让他给制造一个。问题也同第二个，那就是大学时代的照片无法解决。要不，我现在再穿那时的衣服照一张备用？这事宜早不宜迟，再上岁数，就照不出年轻时的风采了。

四是干脆就不要这个大学毕业证书了，找我那个在大学工作的哥们儿，他是专门负责发放真的假证件（可以互换，说是假的真证件也行），三千元一个本科函授毕业证。服务热情周到，比"大话西游"里唐僧同志介绍的那个陈家庄的铁匠还好使，很专业，还不用受官僚的气，同时也等于是把我的"大专"升级了，也不存在照片问题。这个方案最省事简单，可以考虑。不利之处在于，大家都知道这是怎么回事，拿出来唬人时，我会很难受，不像那些当官的，连研究生文凭都敢拿出来唬人，心理素质还非人地厉害。事实又一次证明，我不是当官的料儿，因为我连自己这一关都过不了。事实又又一次证明，有个专业是很必要的。我儿子五岁，我希望他将来也能有一门过硬专业，堂堂正正活着，不必低三下四地活着，也不必折磨自己往非人里整。

自学考试本科或考研，重新读个文凭免谈，不在本人考虑范围。

刚结婚那阵，老婆弄个自学考试本科文凭，比我高了那么一点点，为了表示夫妻平等，省得我有压力，劝我也考一个，还很好心地把她自考中文的教材拿给我看。心想，这挺好的啊，考而不死方为神，我好歹也从小学考到大学，不死没说，连近视也没得，都半人半神了，一个自考算个鸟，咱又有基础，连后现代文学理论都一知半解地啃过，还怕那帮土包子编的中文自考教材吗？雄心壮志准备拿过来看一遍就考。但拿过来一看，才知道自己的水平太逊了，人家哪里是土包子，人家都是汉语言文学专家，还都是高深的文艺理论，太阳春白雪了，不是我这种人能玩的。

其实也是小事一桩。像我这样富有游戏精神的脑袋，是不会被区区一个证书困扰的。丢了毕业证书没啥，好在我脑袋没丢。这真是不幸中的大幸了。想想前几天翻了某作家一篇写盲人的小说，心想，这人写盲人，怎么自己也盲了？看看，有人连眼睛都丢了，那可是心灵的窗户，没有窗户，只能在黑暗中摸索了，多么悲惨啊。

这么一想，心理平衡了。多么阿Q啊，我真俗。

学校和我

应该说，我是不害怕上学的。从小学一直上到高中，当了兵，然后又去上军校，该上的学都上了，不该上的学也上了。正规教育结束后，我还参加了很多作协系统的读书班。我还是喜欢上读书班的，时间短，一晃就过去了。有时也不喜欢，当还没有找到朋友的时候，或者，刚要成为朋友时，就结束了。就那么些日子，除非有奇迹，以后很难再成为朋友。

那么多的读书班加起来，有联系的朋友也就那么两三个。

有时想想，自己能顺利地在学校生活这么长时间，简直是个奇迹。我从小就不喜欢集体，更没有集体主义观念。它简直是我的敌人。小学和初中，学习特别好，基本都是前三名。那个时候没有素质教育，学习好就啥都好了。一年级二年级当班长，到三年级时，我说什么都不干了。其实小学时的班长没什么事，但就是不喜欢。老师做了半天工作，拗不过，最后只好答应我的要求，我只当学习委员。学习委员只用收收作业，发发作业，为大家服务一下，这没事。再后来，学习委员也不想当了，只当语文课代表。我觉得我语文特别好。实际上不是那么回事，语文把我从高考的独木桥上拽了下来。高考时 120 分的语文，我只考了 79 分，而我一直觉得最差的英语，满分100分，我还考了个76分，数学120分，考了97分。语文平常都在110分以上，这次考得这么差，连我的家人都不相信。如果再多出10分，我就可以上一个师范专科学校了。我哥还真掏了二十元钱去复查分数，结果没什么问题。我相信也没什么问题。想来想去，作文失分可能性最大——我至今还有点不能原谅批改我高考作文的那个老师，在他眼里，我那特立独行的作文肯定很糟糕，估计不会是零分，但绝对是个很差的分数。虽然那时在《文学少年》《全国中学优秀作文选》《少年文艺》等大大小小的中学生刊物上发过不少作品，但我其实也会写制式作文的，我想不通为什么那次高考的制式作文会写砸了，还是看图说话呢。

现在还是年年都要做关于高考的梦。大多数是噩梦，充满痛苦、绝望。高中三年，没考上大学不说，还得了神经衰弱症，我到现在记忆力都是惊人地差。都这样了，你还想让我对学校有什么好感吗？除非我傻了。可惜我没傻。

我在所有的学校都是个很沉默的人。学习不是很用功，读课外书倒很用功。一个整天沉浸在课外书里的人，与现实总是格格不入。集体活动对我来说，完全是一种折磨。我甚至偏执地觉得，既然我不喜欢集体，那么，集体的合影照上也不应该有我。初中是在乡下上的，没有毕业集体照。高中、军校毕业时要照毕业合影时，我都溜跑了。反正照完之后就散伙，谅老师发现我没参加集体照相，他也没办法了。某年，到某地出差，军校时的一个同学在那里工作，他们单位一位同事接待。那个同事告诉我，我那个同学听说我要来，很高兴地拿出我们军校毕业合影，要给他的同事指点哪个是我——结果，他傻眼了，根本找不到我。他在电话里问我是咋回事，我说，那天我正好有事出去了。实际上，大家在排队时，我一转身就走了。现在当然不会这样做了，但我那时就是这样。我觉得自己没有集体主义观念，偏偏摆出一副集体主义的样子，挺难为情的。不像现在，我会装作我很热爱任何集体。一位热爱星相的朋友告诉我，巨蟹座就是这样，自扫门前雪。有可能还真是这样，我不过是更严重一些罢了。

是的，更严重。在军校时，很多同学三年下来，我们连十句话可能都没有说过，个别的，我敢肯定，一句话都没有说过。我们完全是两个世界的人，我们互相对对方的世界毫无兴趣，也没有到对方世界串门的想法，为什么要装作很亲热的样子呢？我觉得这样挺好的。参加工作后也差不多吧，朋友很少，但皆珍贵。前段时间，有同事酒后吐真言，真言是：他，还是有为人处世经验的，裴，也就是我，还是单纯的，很多事情都不懂，还像个学生。我连连点头，认为他说的很有道理。同时，我也替同事感到有点不安，他太入戏了，反而真的以为这是自己的优点了。但他是个作家啊，作家啊。我觉得作家还是要与现实拉开距离，保持足够的警惕，不能被它牵着鼻子走，更不能被它同化。简单地说，要自由主义，至少要在心灵层面上自由主义到底。现实腐蚀我们的心灵与自由，是我们的敌人。我们需要一生与现实贴身肉搏，坚决不能让它同化。集体主义是同化的霹雳手段之一，集体主义永远是作家的亲爱的敌人。无数的作家死于集体主义，我们也正在目睹着一个个有才华的作家倒下。这可能就是我内心真实的想法。我对任何规训机制都是不信任的。哦，忘了告诉大家了，我在中学时有个外号叫"二怪"。排行老二，其他无须解释。但我慢慢地变聪明了，军校时他们叫我"三陪"。仅仅是因为我姓裴而已。但外号的改变，只能说明我已经装作融入集体了。但我知道，我仍旧是我。

我永远是一个学校的局外人。我不可能在这里如鱼得水，我不可能与大多数人交上朋友。事实上也是这样的。那么多的学校被我经历过，但能在我这一生中留下的，的确只有几个人。沉默的几个人。和我同学过的同学们，请原谅我，你们热爱你们的学校，也请允许我从来没有热爱过它。学校作为规训机制的一部分,它不可能会让我怀念。它不能给人带来自由,只能给人带来伤害,只是伤害大小有所不同而已。但本质它是一样的。也许那里的人是好的,个体的人是好的,但这仍然改变不了它的本质。这种伤害从幼儿园就开始了。有学者说,我们的孩子是喝着"狼奶"长大的。我经历过,我相信。认为我是胡说八道的,我当然也无话可说。我们的思考是不平等的。没有共同的价值观,当然是南辕北辙。我不爱与任何人争论,因为任何人都想说服别人,包括我自己也是这样。那么,你还要说什么呢?我也有交流的欲望,但我不知道如何交流,因为不是在同一种思想资源下思考,话一出口,就是错的。对你来说,那是对的,这就行了。人,总要坚信一些东西的。最可怕的是我们什么都不相信。我对一些心存信仰的人,不管这种信仰是什么,都心怀尊敬。也许我们因为信仰不同而远离,但我会远远地尊敬你。这是珍贵的,值得尊敬的人。

我忘了是谁说的,小说的诞生地是孤独的个人。我相信这句话。我的性格也使我对孤独有种近乎变态的偏爱。越是在人群中我越感到孤独。我喜欢角落。喜欢看着别人热闹。我只有在为数很少的朋友面前才会热闹那么一下子,说些好玩的话儿。我甚至只喜欢一对一地聊天,并且这个"一"是我喜欢的人。如果有人觉得我很幽默,那么,你肯定是我的朋友。因为,我已经给你说了够多的话,并且没有任何表达障碍。在我认可我们感情的时候,我会滔滔不绝妙语连珠,而在其余的时候,我沉默得像一块石头,一块木讷的石头。这是我给学校的印象。我对这样的印象或者形象无所谓。我只喜欢我喜欢的人,其他人和我无关。

吾爱吾师,吾更爱真理。这句话说得多了就俗了。但它说得真好,谨以此赠给所有我上过的学校,正是因为有了你们,才有了现在的我。这是一个奇迹。

能看到这篇文章，说明大家都是上过学的人，我很理解你们对学校的感情。我还得补充：因为是急就章，甚至还没来得及修改。但我确实是这样的一个人。比如说，妖魔化河南人。周围的人说多少类似的段子，我从来不生气，有时还觉得那段子很有智慧。河南人是河南人，我是我。集体是集体，我是我。我和集体无关，或者说，我是集体中的"个人"。就是这么回事。还有，我非常敬重我的老师，现在回老家，都要去看望我的中学老师。我很清楚，体制是体制，个人是个人。恩，明白我的意思了吧。我是有点偏激，但还真不偏执。

你离我很近，又很远

1. 某作协要开代表会，代表名额分解到各个单位，于是，像我这样与某作协素无瓜葛的人也成了代表。这是工作，因此，这会是必须得参加的。我一向都不拒绝这样的游戏，但我能摆正自己的位置，我不是参与者，我只是一个观察者。观察每个参与这个游戏的人是如何来玩游戏的，是件很有意思的事。

例如，在几年前的一次作代会上，一位四十余岁的青年作家代表发言，此君是文学刊物的常客，在他们这个圈子里也有一定的知名度了。他发言时，我真的是很严肃很认真地聆听的，虽然不敢奢望有多精彩，但心想总有一点出其不意的智慧吧。但没有想到，听到的是一篇洋洋千言的"某作协领导颂"。记忆最深的一句话是："各位老师都是文学上的参天大树，我是某省文学森林里的一棵小草。""各位老师"是点名的，点名的各位老师都是坐在主席台上的，自始至终都很矜持地微笑着。我都替他们双方害羞了，这话私下里说说就行，干吗要公开肉麻呢？"小草"青年作家的谦虚实在出乎我的意料。从前的军功章还有老婆的一半，现在好了，不但全部交出了军功章，还自动地把自己贬为一棵"小草"了。这样的会议，虽然毫无智慧可言，人人都在说着言不由衷的废话，但也不能说没有乐趣，乐趣就是，你是一个观察者。他们都戴着面具，但在我看来，其实都是在裸奔。比如那个"小草"作家吧，会下就端着一棵大树的范儿，不苟言笑，很酷，但一见"各位老师"，那石头一样的脸就开花了。呵呵，心想，哥哥也不太会做人啊。作家都是人精，怎么会出现这种情况呢？估计也是被作协忽悠得过度自我膨胀了。当然，这不是绝对情况，也有朋友与作协关系很深，也常在类似场合发言，表态性的"感谢"也会说，但说得很艺术，甚至很幽默，能引得大家会心一笑，这也是一件赏心悦目的事情。"感谢"完了，更多的是就文学本身说点心得，至少能让你想上那么一会儿。但这种情况在某作协很少见，可能是这地方的作家都太聪明的原因。俺对聪明的作家一向敬而远之，哥参加的不是会，是走马观花看风情。或者说，哥见证的不是会，是一场盛大的婚礼，你愿意吗？我愿意。于是，相亲相爱了。呵呵，如果俺有一天突然被揪出来成为这场婚礼的主角呢？也就是说，有人看上了俺，给俺金戒指时，俺会如何表现？可以肯定地说，那俺就和这场婚礼拜拜。电影上很多这样的情节，正在结婚时，女主角突然醒悟了，这不是适合自己的婚姻，所以，就提着婚纱，或者是两个人，或者是一个人私奔了。我觉得这很美，逃婚／私奔可能更接近爱。很简单，把自己的终身托付给作协，我觉得并不会给文学带来多少幸福。

2. 每年这个时候，都开始订报刊了。从十月份开始到现在，遇到了三次每天到我们大院送信送报的邮递员，她问了我三次："今年订什么报刊？"我都推托说："等到下个月吧。"这三年来，每年都订了千余元的报刊，算是个人订刊大户了。我原先的计划是，把一线二线的文学刊物轮流地订个遍，了解一下各刊口味，有的放矢地轮番冲锋攻城略地。现在觉得没这个必要了，因为那么多刊物堆在我房间里，我都只看了一下目录，看看熟悉的朋友的作品，实在是一种浪费，倒是给儿子订的《大自然探索》不错，每期我都先细细地看过一遍，然后我们父子再看。搞得儿子现在也很有宇宙意识，比如说，有次给他讲微生物，他就接上来说，人在宇宙中，也就像鼻孔里的微生物。晕啊，还真是那么回事。现在他一有空就拉着我用玩具玩打仗游戏，都不在地球上打了，而是在宇宙中，有时还扮演外星人作战。小家伙的记忆力真好，我们看同样的书，他对太阳系中的行星比我还了解，比如木星是什么模样，体积是地球多少倍，我得翻资料才行，他就能讲个大概了，还很准确。今年还要再订。至于文学刊物，订一份《西湖》（唉，《西湖》也在倒退啊，比如从前的"新锐"里的评论，都是普通的作者做的，现在也邀请了一大批那些"评论明星"来坐庄，一下子委顿在地，再也勾引不起阅读兴趣了。普通作者还有锐气，那些"明星"早已经修炼成"八面玲珑申小姐"了，这种趣味弥漫在他们的文章中，早已经看厌了。呵呵，作家办刊就有这样的害处，即使有理想有想法，还是跳不出文坛上佛祖的五指山）。

《西湖》还算是有理想有想法的，大多数已经没有想法了，想啥呢，混呗。也有一些所谓的先锋刊物，所谓坚持纯文学理念，但他们那些"纯文学"也很可疑，要么不介入生活与现实，历史也不碰。南方倒有一刊物介入现实很厉害，干脆把文学置于次要，成为其中一个比重相当小的"文学"栏目。我赞成这样搞，好多作家自己都说"文学缺钙"，补补有好处，但那是一个立场有趣的刊物。有朋友新作了一本，准备叫做"天朝向左，世界向右"，那个刊物和"天朝"方向一致，就连名字也就差一个字。无趣无味的刊物，一年要一百多元，就是给在街上乞讨的人也比这强。我所在的城市很少见到乞丐。有天坐地铁，每个地铁站里都贴有醒目告示，大意是说，地铁站里不允许乞讨，请各位旅客自觉拒绝行乞。我琢磨了一下，应该不是不让我们去行乞，而是不让我们去给乞丐施舍的意思。这些人真够伟大，居然真的公开提倡一种不向乞讨者施舍的美德了。

就像韩寒博客里讲上海的"钓鱼"事件里的情节，司机说，那人说他胃疼，我才让他上车的。执法大队就义正辞严地说，他胃疼关你什么事？这无疑是对公众良心的无情打击。这样下去，总有一天，会把我们每个人都变成无情冷血的动物的。现在，我们还在努力地抵挡着自己被异化的速度。

比如，每次在街上遇到乞讨者，我都会掏出一些钱，让儿子给他们送去，告诉儿子，他们都有着这样那样的不幸遭遇，需要别人的救助。说到这事，想起半个月前和老婆一起带着儿子去公园时，遇到的一位老人，她带着一个和我儿子岁数差不多的小男孩，她一只手拿着一个乞讨的瓷碗，另一只手拉着那个孩子，孩子拉着她的手拽着她的胳膊在哭。他们本来是在走路，我们走对面时，那个瓷碗突然伸了出来，我忙掏了五元钱放在了碗里，儿子拽着了我们拎的装着面包和火腿肠的袋子，从里面拿了一根火腿肠给了那个小男孩。小男孩接了过去，哭声立刻就止住了。这没什么，让我难受的是，几乎是在同时，老人的泪水出来了，她不停地说着谢谢。我们擦肩而过，还是忍不住回过头去，他们还在走路，老人不时地抬起胳膊擦着泪水。那一会儿，我使劲地忍着，没有让自己的泪水流出来。可以肯定的是，他们是真正的一家人，小孩拽着老人胳膊哭时，整个身子都蹭在老人身上，那种依恋一眼就能看出来，只有亲人间才会这样。我很后悔，为什么只给五元，而不是五十元呢？下午从公园回来，路过那个地方时，他们已经不见了，心里有说不出的悔意。跑题了。继续。

众多的文学刊物，真正值得阅读的并不多。有位已经打拼出来的朋友参加一读书班，参加的人都是文学刊物上的常客，大家对彼此的名字都很熟悉，但说开了，彼此都没看过对方的小说。也就是说，就是写作者，可能他会经常接触文学刊物，也是基本上不看文学刊物的。那么，文学刊物是给谁看的？编辑、评论家有选择地看，作者本人、作者朋友可能会看看。不要奢望普罗大众会看，他们看看《小说月报》就够了。文学刊物基本上是在圈子里自娱自乐。我不是圈内的一员，自然不必再订了。我这样说，并不排除我给文学刊物投稿，但我不会把它当作一个主要方向，一个比次要还要次要的位置。

生　活

　　好像要惩罚我在北京那些天里不计后果地浪费时光，回到南京这两天里，事情像北京的沙尘暴一样从天边黑乎乎地压过来了。事实上，在北京那些天里，我一直怀抱着看北京热闹的心态等着沙尘暴，但它一直没来，不像六七年前的北京，春天就像一场灾难。我一直没有问那些生活在北京的朋友们，沙尘暴走了没有。就是走了也没什么，跟着沙尘暴走的还有其他一些东西。离开北京的前一天路过母校，它比十多年前漂亮多了，但那些排着整齐队伍上课的年轻的面孔们，那些干净的大楼，使我强烈地感受到它是如此年轻，但又如此衰老。我刚毕业时，还是那么想回来，但我现在对它没有一点想法了。

　　回到南京不到十分钟，手机响了，我很惊讶人家竟然如此出色地得到了我回到南京的情报，是工作上的事情，但和我的本职工作无关。我已经为它花费了许多精力，但显然还没有完，它并不准备放过我，并且有可能还将耗去我一部分宝贵光阴。我必须打起精神把它摆平。

　　下午回到单位，接到出版商的电话，告知那个事已经开始做了，五月底完成。我的任务是把定稿弄好，再做些辅助工作。我有一段时间里，对出版策划充满兴趣，如果我有一份这样的工作，自信不会把它搞砸。我以为小说已经梳妆完了，完全可以出嫁了。谁知不是这样的，几个月不见，已经长了斑斑麻子。在重新阅读这个小说的过程中，我发现它原来并不是那么糟糕，要比我想象中的好上许多，甚至比我现在写的一些东西要好。这难道是她出嫁前给我的错觉？我很快就沉浸其中，没想到放上几个月，它一下子吸引我了。但就在这时，工作上的事情来找我了，我必须奉命起草几个能唬人的材料。这不是什么难事，但它来得不是时候。我告诉自己，这是生活的一部分。很惊讶，我竟然不动声色地接活了。其实我很感谢我的领导，他很爽快地答应我可以推迟一天再交这些材料。我走出门外，感动得想哭。

夜里加班到十一点时，坚持把《毁灭者外传二》第二十、二十一集看完了，我如此渴望约翰和女机器人卡梅隆恋爱，以至于一集不落地看到了现在，现在约翰还没有爱上这个女机器人的迹象，我还得耐心等等。《超能英雄》已经是鸡肋了，这一段时间我都不想看它了。它只能用来消磨时间。

第二天继续改稿。中午时收到了从远方寄来的合同。发表在《西南军事文学》第二期的《伤花怒放》被买去做数字电影。感谢这个小说的责编王甜。我希望自己以后把最好的作品给这个刊物，这是它应得的。

第三天上午终于把那个长篇小说发出去了，出版商也认同了小说的题目。在一个尴尬的场合里，我听到有人带着讽刺的口气提到过这个小说的名字，但我坚持要用它。它不是我最好的军事小说，但它带着开路先锋的使命。它瘦弱的身躯竟有如此负担，想想从前我又是如此看不起它，把它当作后娘生的，但它一如既往地毫无怨言。我被它感动了，希望它在图书之海里能多喘口气，不要过早地不得好死。

我终于有空把那些堆在一起的杂志拿来翻了翻。《山花》第四期有朋友黄孝阳的《娅》和王棵的《默诵》。我把它们一块看了。王棵的小说写得越来越好，他对语言的感觉无与伦比，我都找不到合适的语言来称赞他的语言，我所有的语言在他的小说面前都望而却步，不敢评价。黄孝阳是个奇怪的家伙，一个昔日写出那么多"可读性"很强的小说的人，日益倔强地先锋者，他体内蕴藏的能量和才华我毫不怀疑，值得安慰的是，我比他激进，那种别人认为和文学无关的思想上的激进。我无法把它清晰地表达出来，但它一直潜伏在我的血液中，支撑着我的小说不至于委顿在地提不起来。我唯一要做的是找到一种适合我的语感。那些炫目的语感一旦被我掌握，那些小说都会飞翔起来。

我曾经对订阅文学杂志抱怀疑态度，但我现在完全觉得这是值得的。那些散落在各地认真写作的朋友们，我们也许长年都不联系，但他们的作品我却能时时见到，刺激我也像他们一样认真地写作，认真地对待文字，平息我日益浮躁的心灵。此时此刻，我多么想念像 W 这样的朋友，正是因为他们的存在，我才存在。

我也想念 X，遥远的不可及的 X。

现在我把那些材料搞完了。它们的样子丑陋，散发着僵尸气息，如此令人厌憎，真不配呆在我的电脑里，像病毒一样腐蚀着我心爱的小说，那些美丽的女子们。

姐姐，我想回家

把博客上的"我的音乐"换成了张楚的《姐姐》和萨顶顶的《万物生》。萨顶顶的声音好听，张楚的歌词好看。特别是其中的那句"姐姐，我想回家"，像我的心声。别笑，这是真的。

这几天的饭局突然多了起来，不是写小说的朋友，而是莫名其妙的饭局。比如有一天，中午喝酒，晚上又喝。而在前一天晚上，七点多了，突然接到电话，有十多年没见过面的领导来南京。这时候这样的电话，说明人家根本就没请你。有好几次是这样，人家正在吃饭，突然某一个人提起我，别人也认识，于是就掏出手机，喊我去。按道理我应该不去，但这个领导是我大学毕业后的第一个领导，还是老乡，对我非常好，人也很好，于是就去了。我们两个当然不存在任何问题，但问题是，除了打我电话的和另外三个，其他的我根本就不认识。他们还说我来晚了，先和每一个人喝酒。喝吧，就是差事也应付一下。但一桌子的官员，某些还摆着处长的傲慢架子，他们习惯了，哥还真不习惯。和老领导握过手，叙过旧，真恨不得立马走人。可笑的是，他们为了抬高我（也为了抬高自己吧），说我是大作家二月河的学生，脑袋嗡地就炸了，二月河虽是我们老家南阳的，但我不但不认识他，连他的作品我都没看过一篇，在报纸上看到过他在某会议上的发言，我还觉得挺可笑的。然后又把我和朱苏进扯上关系了，说他对我如何厚爱。我真是晕得满天繁星，朱苏进的确是我的同事，但仅仅就是一个单位里的而已。甚至我们还没有私下里说过一句话，根本就不熟。我和他的文学理念背道而驰。他的军事小说系列，也从来不是我喜欢的。他别的电视剧没看过，《我的兄弟叫顺溜》看了，也是我不能接受的那种。据说，朱苏进的《康熙王朝》是根据二月河的小说改编的，朱接受《南方周末》的采访，根本就不鸟二月河的小说。二月河说起这个电视剧，涵养似乎好一点，说他无话可说。但还是能看出来，他也根本就不鸟朱的电视剧。他们互相不鸟，却鸟我，我是战国时期雄才伟略的纵横家吗？我的手具有翻过来是云覆过去是雨的魔法吗？我白衣飘飘长袖善舞吗？我要是有这个本事，早就当官去了，不是县长，也是乡长了。

我不理解的是，那种不折不扣的谎言，并且还当着当事人的面，毫无愧色地流利地说出来，比如我是某某的学生，我被某某大家厚爱，根本就没有的事情。我就在旁边，他们居然当着我的面撒谎。并且，我还不能跟他们较真，我一较真，整个饭局的和谐场面就被我破坏了，会让所有人扫兴。我会把所有的人都得罪了。他们不喜欢真话。

谎言成为一种文化了，无处不在，躲都躲不过去。我希望自己不要变成那样一个人。

我承认我撒过谎，比如中学、大学时逃课，我编出来的理由总是无懈可击。但我从来没有撒过如此恶劣的谎，颠倒黑白的谎言。我不反对说些小小的谎话，但我反对那些没有底线的谎言。

我们被这种谎言包围着。

多么想离开它们。多么想远离它们。

在"小众菜园"看到了穷人郭发财在大屋基老家养鸡的照片。

真羡慕他，带着自己心爱的人，过着一种幸福、健康的生活，希望他能坚持下去。

这一段时间我也总是想起家乡，那个安静的村庄，那个有着清澈河水的村庄。姐姐，我想回家。我有四个姐姐。大姐在一个很小的乡政府上班，我很想潜伏在那里，看书，写小说，与世隔绝。三姐在另一个被大山包围的镇里，明年她要盖门面房了，我要不要凑些钱，让他们把楼上最边上的一间给我？那是一种我最想要的生活，有一台笔记本电脑，可以上网，周围又没有我认识的人，看书，写小说，累了就到山上转转，或者到田野里和乡亲们吹牛。他们不会胡扯，不会撒谎，即使撒谎，他们会害羞，你能看出来的。还有两个住在乡下的姐姐，如果有可能，我多么希望每年能回去住上一两个月。

或者，带着自己心爱着的女人，每年到一个偏远的小地方，一个古镇，或者一个村庄，一个木屋，门前有水，或者屋后有山，住上半年，或者一年，正好可以写完一个长篇小说。然后，再换一个地方。

也许将来会的。

现在，心再硬一点，拒绝、远离那些应该远离的人们。

你在我梦里，我在他诗里

哥们儿把我写在诗里了。咳咳，如果放在古代，是不是就能像汪伦啦、一行白鹭啦一样有名了？

这是老耿同志写的。在他博客上看到的。他贴在博客上一年后我看到，本来想和他一首，拿出键盘来了，才想起我不会写诗。

两年后转贴过来，是想把下面那个急就章一样的博文压掉。那博文已经被自我马赛克了不少，但想想还是有点那个。都说河南人比较狡猾，有好多类似段子。我辜负了大家的期望，不够狡猾，总想说出来（事实证明，说话是多么困难啊）。那篇博文里有些观点也不一定正确，但确实代表了我目前的一些想法，不排除在逐步修正中。网络日志嘛，还不就是为了老了的时候看看年少时的轻狂吗？当你老了的时候，头发灰白，满是睡意，在炉火旁打盹，取下这一册书本，缓缓地读，梦到你的眼睛曾经有的那种柔情，和它们的深深影子。你读诗，我看我自己的博客。

生活像小说一样滑稽可笑。比如说，上班时想写个博文把上篇博文压下来，题目想好了，叫"害羞"。一小段一小段的。刚写了第一段，是说，我看别人的"作者简介"里，有"某省作协会员"、"某更高级作协会员"字样，就有点害羞，觉得不应该拿出来啊，这本来应该是件很丢人的事情啊。但这不妨碍我也是"某某作协会员",但我不会把它亮出来的,它只和生存有关,与荣誉与写作无关。刚写到这里,领导找我,填写"某更高级作协会员申请表"。吆嘿,真是见鬼了,中间连点转折都没有。你牛啊,立马考验你一下。嘿嘿,我就不好再"害羞"了,赶紧乖乖地填。一边填一边在想:真是躺着说话腰不疼,看看,你不照样屁颠屁颠地申请"良民证"了吗?

典故:老和尚携小和尚游方,途遇一条河;见一女子正想过河,却又不敢过。老和尚便主动背该女子趟过了河,然后放下女子,与小和尚继续赶路。小和尚不禁一路嘀咕:师父怎么了?竟敢背一女子过河?一路走,一路想,最后终于忍不住了,说:师父,你犯戒了?怎么背了女人?老和尚叹道:我早已放下,你却还放不下!

这个故事告诉我们:那证就是和尚背上的女人,背了也就背了,彼此都方便,但放不下来,那就有点不大符合写作者的"荣辱观"了。

网络之上,莫谈写作。客官稍等。翠花,上诗!

裴指海(外二)(2007-03-25 00:57:24)

裴指海

说河南话抽河南烟
偶尔也让老母亲
到郊区挖些黄花苗下酒
——这个叫蒲公英的野草
曾陪他走过艰难的岁月
如今,他端坐石头城
左手拿烟右手持笔

用十年的光阴
把自己写成一个作家
但是只要他一张口
哪怕一个哈欠
就能听出他不是南京人

陌生的电话

手机响陌生挂了
又响又挂如是者三
心想：是谁呢？
心想：谁这么厚脸皮？
又想：兴许是熟人吧？
深呼吸把号拨回
还没喂一声
天——小裴啊南京人民还好吗
十年没见声音依旧河南腔
裴指海军旅作家军艺小师弟
小裴说：好个头我在郑州快来接驾
手机颤抖差点落地

2007.3.24

为小裴接风

二三个小菜五六瓶啤酒旧朋七八肖记222
叙旧感慨沉默都到了笑不露齿的年龄
小裴说：艰苦的抗战已经结束全面解放正如火如荼
是啊是啊当初只抽2元黄果树的那个小年轻
如今做了父亲坐在创作室读圣贤书写惊世文就连烟
也换成10元一包的精品红旗渠
他是个懂事的孩子整整十年了还抽河南烟操河南话
他说天天睡在石头城也没有人说他裴指海是个南京人
或许各自的胃都空得太久望着那酒
未饮先醉

2007.3.25

我爱你，我不爱你

我写过一个叫《木扎》的小说。

它是我的现实主义写作的一个标杆。我本来以为我挑战了某些禁忌，一个不为大多数人所知的禁忌——实际上我错了。一个朋友说，这个小说犯了主题先行的毛病，因为她看到了前面的就可以想到后面的。她是对的，也可能她凭借的是对文学本身的感悟力，我相信她有这种能力。但我的意外更多的是来自历史经验层面。自己以为的挑战，实际上犹如大战风车。自己一腔热血，也许却是可笑的。难道我所要反映的是人人皆知的常识？但为什么我在别人小说中看到的基本都是相反的表述呢？除了张爱玲的土改小说，还有莫言的一些小说中尚能见到另一种声音，其他的还真的很少见，倒是另一种正确的"常识"已经扎根人心。现在看来是不对的，人人都知道，只是人人都不说而已。由此可见，我是个糊涂蛋。

回到我的家乡木扎，我仍旧深深地爱着它。

木扎是个三面环水的小村庄。已经有三四年没有回去了。这些天总想回去看看它。还有一个青梅竹马一起长大的女孩，从小学到大学毕业，假期里总是和她在一起。寒假时在一起搭档打"80分"，一起默契地作弊，暑假时一起放牛，到处跑着玩。反正人很多，我们两家又有曲里拐弯的亲戚关系，甚至还一起划船到对岸的庙里玩。很多时候，我们形影不离。在相当封建又虚伪的乡村，还真的没听到关于我们的闲话。我离开木扎后，最初落脚在一个大城市里，曾有一个机会让她出来，电话只能打到哥哥姐姐那里，让他们捎话。他们好大不情愿，觉得我对她有可疑想法，会误了我冲出农村奔向非农业户口的梦想。他们比我大，世事洞明。真的很想把她带出来，不想让她在乡下成为那样的村妇们。这是最迫切最真实的一个想法，是不是像哥哥姐姐担心的那样，还有更隐秘的爱情？我有点把握不定。如果它是清晰的确定的话，我相信她父母会让她来的。我实际上背叛了自己的内心，我信誓旦旦地向家人保证，没有那个想法。

　　我沉迷于和她在一起的时光（开学时总是充满恋恋不舍），但同时很清醒很理智地不让爱情真的出现。最亲密的接触就是借看手相时抓住了她的手，但刚抓住，她父亲就在我们家门口出现了，喊她回家干活。大学最后一个暑假时，有天中午，我又跑到河边准备划船到河中间去玩时（常常划船到河中间跳下去游泳），她和村里的女孩们在河湾里洗澡。我看到她时，她已经穿好衣服，站在河边大声地喊着要搭船。她那时穿着连衣裙，长长的头发湿湿地披在肩上，我承认那时的确有点心动。我们在河上漫无目的地划着船，嘻嘻哈哈地和以往一样开着玩笑。她突然问我想找一个什么样的对象。我本能地警觉起来，很肯定地告诉她，要找一个城里的。她说农村的不也挺好的嘛。我就又一本正经地告诉她，农村的也没什么，但她至少也得和我一样上过大学才行。她是小学毕业。她说，你标准挺高的嘛。我笑笑默认了。沉默了一会儿，她突然朝我撇起了嘴说，你干脆找×××的女儿吧。×××是我们县的一把手。她的想象力也仅限于此。她用乡村的智慧讽刺挖苦着我，我只能笑着，不能反驳。事实上，如果她是初中毕业，我们真的就有可能。我是相信爱情的，但母亲对教育小孩至关重要。我们还是穷怕了，真的担心将来我们的孩子还跟着我们过我们曾经过的日子。

有十年时间没有见过她了。四年前回去时,见到了她的三岁多的儿子,听说是一生下来就丢给她妈妈带着,她和丈夫出去打工去了。那个男人是三四十里外另一个村庄的,我们很早就认识。有次他到我们村庄来,前面的头发染得黄黄的,害得四姐很担心地问他,是不是生什么病了,头发都黄了?在九十年代初的农村,染成黄头发,还是相当前卫的,即使在今天,我还是觉得蛮前卫的,佩服他们耍的莫名其妙的酷。反正我是学不来了。知道她要出嫁的消息时,心里还是一阵悲伤。她结婚后只见过她一次。那年正好我带着女朋友回去,她和老公也回娘家来了。晚上在家里和村里的男人们喝酒时,她老公来了,于是一起喝。过了一会儿,她也来了。很奇怪的是,我们都有点尴尬。于是,她站了一会儿就又走了。

我们尴尬的原因很简单,她知道我很喜欢她,我也知道她很喜欢我。但我们不但不能有婚姻,也不能有爱情。如果我们两个都是农民,或者都在城里,我们还是会有爱情的。我们即使没有婚姻,也可以有婚外情。乡村是封建的,但最封建的乡村也是最开放的。但我们是不可能的。我搞不清楚这个障碍是什么。我们无法说出爱。

那次见到她儿子时,失望、悲伤,各种我自己也说不清的感觉都涌了上来。她是漂亮的,眼睛很大,但她的儿子却矮小,一身泥巴,穿着很脏的衣服,袖子上沾满鼻涕,好像几天没洗过脸了,涂满了各种污迹。他拿着一张皱巴巴的一角钱来我家买糖块。母亲在家开了个代销店。是那种一毛钱五颗的硬糖果,反正我是决不会吃的,我也不会给我的儿子买这种廉价的糖果。我带了一大堆的巧克力,于是毫不犹豫地给他的几个口袋塞得满满的。他很高兴地走了。母亲埋怨我,给他一颗就行了,给他那么多干什么?她不知道我的难受。

好在她一直在外面打工,这些年来,回家都没见过她,但也听到过一些消息，似乎没有一个是好的。

今天的《南方周末》有篇关于核电站的文章讲，河南省的核电站选址选在了南阳市高庄。那是我们村庄的对岸。我小说中经常出现的木扎看来是真的要搬迁了。那些家乡的人一直在期待着，但我对这个消息是百分之百地反感。给三姐打电话说，我想回去看看。三姐说，你要回去时给我说一下，我也有六七年没有回去了，还蛮想它的。

经常对儿子讲，你的老家是河南的。他的记性很好，已经把《三字经》背得滚瓜烂熟了，我就想让他也趁机记住这个。但他总是忘了。上个双休日回去，一脸讨好地问他："儿子，暑假跟着爸爸回河南老家吧。"小家伙不干了："那是你老家，我老家是南京，我才不去呢。"还是有点不死心，又诱惑他："那里有条很大的河，爸爸可以教你游泳。村里还有很多牛、猪、鸡、鸭，都是真的。"儿子一脸惊奇："不可能吧？"他有点心动了。

但我也知道，今年夏天是回不去了，这里有一大堆的事情牵着扯着，只能等着明年夏天回去了。到了那时，我肯定还会和以前那样在心里祈祷：千万别让我遇到那个女孩子！我们没有谈过恋爱，但我们知道，我们曾经爱过……

第二辑

纪念品

战争杂碎

我是军人,写了不少小说,但涉及军营生活和战争的,几乎没有。作为军人,整天在关心世界军事风云、研究国内外形势和高科技战争、思考战争与和平,不写个关于战争的小说,似乎说不过去。于是,我就写了这个小说,这是部地地道道的"战争文学",虽说也出现了女人和爱情,但在战场上厮杀的,基本上还是我们这些老少爷们儿,她们不是主角。

想写战争小说是我很早以前就有的愿望,甚至可以追溯到我的少年时期。我出生在七十年代后,老家在偏僻的豫西南山区,乡亲们没什么文化娱乐,也没有"夜生活",最热闹最振奋人心的就是到处跑着去看露天电影。少年时期我常常跟着乡亲们摸黑跑十多里路去接受爱国主义教育,热情很高。有时碰到下雨了,放电影的同志不想放了,乡亲们就要跟他急。那时主要就看"打仗片",像《地雷战》《地道战》《英雄儿女》等,英雄们的大无畏精神常常让我激动得彻夜难眠,恨不得也举个炸药包站在我们村的小石桥下,让我和小石桥一起飞上天空。

正是少年时期的这种记忆,使我对军人产生了无限崇敬向往之情。高考落榜后,家里人准备让我再复读一年,争取考上北大,我把脖子硬了又硬，非要去当兵。那年我十八岁了，是成人了，家里也不好说什么，只得到处找关系，让我穿上了这身绿军装。现在已经和平了，用不着我去举着炸药包炸桥了，这让我有点遗憾。遗憾之余，我就想弄出一个战争小说来，最好能让自己也成为里面一个主人公过过瘾。

虽说小说发展到今天，写什么不重要，关键是怎么写，但我觉得这是后工业时代的小说家们的问题。我们现在虽说加入了WTO，要走经济全球化的道路了，但在文化和政治上，我们还是要坚持有中国特色的社会主义道路。具体到小说创作，我觉得目前根本就没有解决写什么的问题，有许多同志都在闭着眼睛写小说，所以，考虑到怎么写小说，似乎还早了些。我实际上也经常考虑怎么写的问题，但更多的是关注写什么。具体到这个小说来说，要写战争，应该找一个中国历史上发生的战争，作为战争文学的母体和源泉。我在历史中寻找战争，上个世纪中叶发生的两场著名的战争似乎是更为理想的对象。解放战争离我们很近，但有《红日》《保卫延安》等一座座大山戳在那里，要想超过人家，似乎很难。人家还亲身参加过解放战争，咱再去写，也有点抢人家饭碗的嫌疑，好像不尊重革命老前辈一样，这个不好。写抗日战争吧，这个好像也很难，对我这个出生在七十年代后的人来说很难，对大师们来说就不难了。我觉得很难，是因为我觉得文学中的抗日战争应该是两个民族、两种文化的交锋，但我对大和民族和日本文化还缺少了解，也不懂什么叫"武士道"，恐怕糟蹋了抗日战争。在这点上，我倒很佩服导演冯小宁，他在《黄河绝恋》里面，用一个人一挺机枪，甚至一把手枪就能把日本鬼子杀得屁滚尿流。我没勇气这么干。

真实的战争我无法近距离地触摸它们，大师们笔下的战争又让我高山仰止，觉得高不可攀。所以我就虚构了这场战争，它和曾经发生过的战争没有一点血缘关系。战争的时代背景是在一个无名无姓无爹无娘的年代，可能是 13057 年，也可能是 75031 年，上下五万年，战争无处不在，纵横宇宙，天上人间，甚至还出现了星河战舰和冥河星系。那是在一次核战过后，美国人乘着星河战舰，带着自由女神像，飞到了冥河星系，我们留在地球上的人类开始为正义和良知而战，我所参加的是黄衣教和黑衣教的战争。我的小说就是从这里开始了。

为了让战争，也可以说是为了让我的小说顺利地进行下去，陈胜、吴广也参加了我们的起义军，还有张献忠，但遗憾的是，随着历史的流逝，他们身上的光芒也逐渐褪去，在我所虚构的这场战争中，他们的表现实在很差，我不得不用手中的圆珠笔把他们干掉。这场战争规模宏大，包括猪八戒、展昭、李师师、甚至海明威也将出现在我的战争中，美女作家鱼玄机也成为一名勇敢的战士，他们和我共同努力，帮助我完成了这场虚构的战争。我会感谢他们的。这场战争的残酷、阴毒、丧失理性，使参加过这场战争的人，谁都不好受。但这个小说也并非全部就是我所虚构的，我还没有能力从头到尾地发动一场战争，小说中的张巡司令员在马城的战争，就是唐肃宗至德二年真实地发生在睢阳的，为了忠于历史，我甚至连所有将领的名字都没有改动，要写历史，就把真实的历史写出来，我是这么想的，也是这么干的。但这并不破坏整个小说充满了疯狂的想象，这是我的看家本领，我不会丢掉它。它将和我以往的小说同样好看，把严肃沉重的命题用轻浮的形式表达出来，既要有对现实最清醒的审视，又要有最疯狂的想象，这是我写小说的秘密野心。

梦游者之歌

作为一个经过了多年写作训练和阅读准备的写作者,我很清楚我每一次要写的是一个什么样的小说,小说完成以后,我对它所作的自我评估与它本身所具备的价值,基本上不会有很大的偏差。但对这个小说,虽然写作过程非常顺利,是我近年来写得最为轻松的一个小说,但我得老实承认,我不清楚这是一个什么样的小说。

它看上去写了很多东西,令人绝望的爱情、美丽的背叛、可笑的忠诚、孤独的逃跑、寻找梦中的家园等等,尽管带着一种明显的寓言式写作,但故事很多,并且还很热闹,叙事方式也很平易近人,它对任何具有小学高年级以上文化程度的读者都不会构成较大的阅读障碍。如果仅仅是这些,这有可能是一部很好看的小说,我一直也在追求小说的可读性。很多看上去很清高的写作者,总是说艺术是少数人的事情,智力歧视是必要的。我很敬佩这种写作,很多经典文本最初都经过了这种孤独的状态。但我更向往罗兰·巴特的《一个解构主义的文本》的遭遇,它在保持艺术性的同时,也成为了一种畅销读物。卡尔维诺也是我喜欢的一位作家,在我的印象中,他的作品似乎也并不是孤独的。这个也可以用当代意大利作家安伯托·埃柯的例子来说明。

但我依旧对我的这个小说没有多少把握，因为它的出身可疑，行踪诡秘。有许多文学教科书告诉我们，作者在作品中隐藏得愈深愈好，但我并不这样认为，我愿意和你们进行更多的平等交流。你现在已经准备阅读这个小说了，我可以把小说写作的谜底告诉你们：这个小说是利用一个真实的梦来写作的。这和我以往的写作不同。我以往喜欢让自己的写作直接指向现实的土地，既有最疯狂的想象，又有对现实最清醒的审视，它们的写作资源和我记忆中的乡村生活有着很深的渊源。但这个小说仅仅和我在2003年4月初一个夜晚做的一个梦有关。在我的大学时代，有段时间迷上了弗洛伊德的《梦的解析》，每天晚上都很渴望做梦，然后第二天绞尽脑汁地把它们回忆出来，按照弗洛伊德的指示，对这些梦进行技术解剖。但我那时像头不安分的小驴子一样年轻，很快就移情别恋，对弗洛伊德的这一套不感兴趣了，只是偶尔会翻翻中国的《周公解梦录》。我觉得这是本很搞笑的书，对那些梦也就没再认真对待过。但在2003年4月的这个晚上做的这个梦，让我十分吃惊，它尽管光怪陆离五光十色，但它居然是一个有头有尾的故事，并且非常曲折、复杂，中间也没有出现断裂。第二天早上醒来，回忆这个梦，竟然非常清晰，连里面的对话都能逐句回忆起来，当时觉得怪怪的，就随手记了下来，没有过多的渲染，只是对梦境作了一个提纲式的提示，但它居然已经长达五千余字了。5月份到来时，SARS病毒侵入了我所在的这个城市，单位提出了"严防死守，不出现一个病例"的响亮口号，所有的大门都被封闭了，严禁车辆、人员出入。在这段时间里，我无所事事，便对这个梦产生了浓厚的兴趣，觉得它可以写成一个好玩的小说。

我所进行的大量写作训练和阅读准备使我很轻易地完成了这件事。小说初稿只用七天时间就完成了。这个小说当然有自己发挥的地方，但它的主体仍然是那个梦，比如关于网友穷人郭发财的故事，我的确梦到了他和我一同被关进了一所奇怪的监狱里，他确实是因为写了那篇赞美他的老婆解小青的文章被关进去的。需要说明的是，解小青是穷人郭发财在他的长篇小说《嘴唇》中虚构出来的人物，在我的梦境中，她以穷人郭发财的老婆的身份出现。但在以后越狱的过程中，穷人郭发财就消失在了我的梦境之中，但为了让小说的内涵更丰富一些，我又多次让穷人郭发财继续留在我的小说里。这个梦中当然还出现了我熟悉的更多的朋友，但在小说中，他们都是以另外一种名字出现。梦毕竟是现实的一种变形折射，它不应该更深地介入我们在现实中的生活。

  我可以得出一个大致的结论：这个小说中百分之八十的故事和情节都来源于梦境。正是由于这个小说如此严重依赖梦境，写完这个小说以后我有点不知所措了。第一，根据弗洛伊德的解析方法，这个小说可能会暴露一些我不愿意让别人知道的个人隐私或者一些我自己都不了解的内心的秘密。第二，它有可能很难出版，它毕竟是漂浮在现实的梦境之上，这与我们所处的物质化社会是格格不入的。好在我对自己的道德世界还是相当自信的，并不在乎别人的"窥视"式阅读，它本身也是一种很正当的阅读方法。另外，我对它也没有能否出版的功利性想法，能出版了当然更好，稿费可以用来改善生活，不能出版了也没什么，我对生活要求并不高。我只是把写作的过程当作一件好玩的事情，也许有心的读者能看出来，我在写到穷人郭发财时，调侃得最为厉害，因为他是我很熟悉的兄长，能在小说中把他狠狠地调侃一下，感觉很过瘾。

  写作对我来说，是一种很好的娱乐方式。我喜欢读书和写作小说，一旦坐到书桌前，我就精神抖擞斗志昂扬，感觉自己像个雄霸四方的君主。相反，在公共场所，特别是置身于一些社交性的场合，我总是感到浑身不自在，除了点头和微笑，这个我会，大多数时间我一声不吭。周围也有不少人知道我写小说，他们总会充满同情地看着我说:"写作是很苦的。"这种时候总是让我很恼火,好像写作对我而言不是乐趣,而是一项苦差事。但人家一脸真诚地看着你,有些还是沾亲带故的,你不能发脾气。但也不能对他们说,写小说对你来说,是一件很爽的事情。对那些对写作并不感兴趣的人来说,这种解释是很搞笑的,他们不相信不说,反而有可能认为你是一个矫情、虚伪的人。人世间的事情大多数时候就是这么操蛋。这时我一般都会一个劲地点头称是,叫苦连天,让他们的同情心得到极大的满足,同时也给他们留下了我能吃苦的好印象,这其实也很好玩。

因为好玩,所以我就写了这部小说。假若你很敏感的话,看完了这个小说,它有可能让你觉得震撼,甚至是巨大的沮丧,如果这样的话,那你就要提醒你自己:这是一个用梦写作的小说,是作者写着玩的,就这么简单。

瞎话儿

其实小说中的张高排就是我裴指海,小说中那个很俗气的主人公裴指海当然也是我。不管是在现实中,还是在小说中,我都是这样双重人格地生活着。这是没办法的事。实际上,小说中的裴指海反而更像是虚构出来的,我把自己更多的情感倾注在了张高排身上,我很喜欢他。我从他的身上看到了自己的影子。

作者显然是一个内向并且容易害羞的人。是的,我从小就是这样一个人。我是听着村里的王三妮和母亲讲述的民间故事长大的,很小就耽于幻想,沉默寡言,害怕与别人接触。现在成个大人了,我依旧对现实中复杂的人际关系感到害怕,我不大喜欢我所接触的人群,能避开他们我就尽量远远地避开,我喜欢一个人呆在一个阴暗的角落里沉思默想。作为一名年轻的中尉军官,实际上我没有什么魄力,我总是躲避现实问题。我从来没有主动迎头赶上解决问题的伟大举动,在这一点上,我和一遇到危险就把脑袋扎进泥沙中的鸵鸟十分相似。爱人的性格与我相反,她在大学时曾当过学生会的干部,在我看来,那也是一个让我感到胆战心惊的工作。她因此说我怯懦,是百无一用的书生。虽然这有伤男人的自尊心,但我并没有反抗的想法,我认为她是对的。无论当多大的一个官,对我而言，都像是一场噩梦。人的想象力和尊严在复杂的人际关系中都会逐渐地丧失掉的，对一个充满文学幻想的人来说，这比死亡还要严重得多。

所有的这一切，都是因为我想获得一种宁静的写作环境，过于复杂的人际关系会让我产生焦虑、恐惧的情绪，进而使我丧失写作的信心。但我的职业正好与我内心追求的孤独写作相反。我害怕与人交往，但我因为工作关系，却要把大量时间花在与别人打交道上；我不喜欢学习和开会，实际上我不但要参加学习，还要经常写作大量材料来让别人学习，接受教育。我虽然轻松胜任了这些文字工作，并因此荣立过一次三等功，但我内心的焦虑、不安与恐惧，使我无法静下心来写作，甚至让我感到绝望。在无力改变自己职业的情况下，我开始偷偷地创作了四部长篇小说。这四部小说都是在国庆节、元旦、春节这样的假期里完成的，我决不会占用工作时间来进行个人创作，我得对得起我所拿的薪水，尽管不多，但这是个原则。

这真是一个奇怪的现象，我的每一部小说都明确地指向了现实，但我却深深地厌恶我所在的现实世界。我现在喜欢坐火车或长途客车赶往一个陌生的地方，这个过程让我着迷，我甚至渴望车轮永远都不要停下来。我坐在人群之中，但我又与人群无关，我用不着与这些陌生的人群发生任何关系，我可以坐在那里，一动不动地望着窗外，安静地想象一些和小说有关的事情，这时我的想象力就异常发达，非常牛的细节和情节波涛汹涌，许多小说都是在这种状态下构思完成的。别人非常讨厌出差，对我来说，这却是一件幸福的事情。

是的，我是个凭着想象力就可以进行文学创作的写作者。小说看完了，我不妨把谜底揭开，《瞎话儿》和我已经出版的另一部长篇小说《吹个泡泡糖逗你玩》是一对双胞胎兄弟，它们都是靠着一篇几百字的新闻报道演绎出来的。那还是在十多年前，我还是一名高中学生时，有一次我在家乡的法制报上看到一篇新闻报道，说是一名北京大学的学生毕业分配到了乡政府，似乎还是在计生办工作，他觉得工作很不理想，想出去打工，但又害怕自己没有这个能力，就准备杀一个人练练胆子。他于是就在一个村庄旁的池塘边杀死了一个正在洗衣服的农村妇女。他最终被判了死刑。这件事很奇怪地留在了我的记忆深处，十多年后，我根据这篇报道写了这两部长篇小说。应该说，还有第三部，它们有可能成为我的《大话乡村》三部曲。

利用生活中的蛛丝马迹，是可以找到生活背后的小说的，这得益于我的几何级的阅读积累。我一直坚信，诗意的阅读是可以产生强劲的写作的。

我还有一个梦想。我经常给我的爱人讲述，甚至有一次我在梦中还完整地向她又重复了一遍。我的梦想其实也很简单：等到我和爱人退休了，我们就回到千里之外的河南乡下老家，用所有的积蓄在村子旁的小河边盖上一座与世隔绝的平房，种块菜地，养些鸡鸭鹅，安静地种地、写作，让自己的小说朝着艺术的天堂飞翔。事实上，再有九年，我就服役满二十年了，那时我就可以退役了，这时我才只有三十八岁，还来得及写出一部伟大的作品。想想这真是件令人振奋的事情啊。

战争回忆录

之一　致一个并不存在的S的情书

亲爱的S：

现在是9月13日0：40。我正在G市的人民宾馆。人们都已经睡了，整个楼很安静。但我睡不着。本来应该很快睡着的。22：40左右的时候，这个城市的两个战友来了，喊着出去喝酒，喝到了0：16分，每个人喝了四瓶啤酒。你放心吧，喝啤酒我没事的。虽然有点头晕了，但还是很清醒。冲完澡后躺在床上，本来以为头昏昏的，很快就能睡着，但脑子里浮现的都是你的模样，从我们认识到现在，想着你的一举一动，越想越清醒，翻来覆去地睡不着觉。你现在可能静静地睡着了。我宁愿你睡着了，把手机关了，这样我就可以给你发个短信，让你明天早上一打开就可以看到，但我又怕你没有关机，短信提示声把你惊醒。所以，我还是给你写信吧。

其实此时此刻我很想和你说话，听你声音。我酒喝多了没别的毛病，就是话多，但你放心，我即使喝得连眼睛都睁不开了（曾经有过一次这样的经历，在多年前一次回老家时，县文联的一帮人请喝酒，很老实地来者不拒，结果就喝多了，是我这么多年来喝得最多的一次），感觉也是非常清醒的，知道自己在说什么在干什么。亲爱的，你知道我是一个被爱情和文学充满的人，会为那些文学中的经典爱情故事流泪，会为报纸上一个新闻报道流泪，会为现实中不幸的人流泪，还会为爱情流泪（亲爱的，有时我想着咱们的爱情，眼睛就真的湿润了）。亲爱的，我要告诉你的是，我正在写着一个小说，和我从前的小说不一样，这是一个现实主义的小说。这么多年来，看的一直是老外二十世纪以来的文学图书（站在世界文学的制高点上），脑袋被现代主义和后现代主义文学充满。这十年的光阴我没有浪费，一直在做着写出真正的中国小说的准备。G市和所有的城市一样，下午我去了一趟这个城市最有名的风景区，一路上遇到很多乞丐，有两个失去腿的老人，有两个拉着二胡的盲人，有一位年轻妇女和她的婆婆或者母亲带着一个光着头的男孩，男孩好像有四五岁了，年轻妇女抱着一个纸盒放声大哭，她的儿子得了白血病，他们无力救治。我照例在每个乞讨的人面前放了10元钱，在那个年轻妇女的纸盒里放了100元，但我走了不到10步，泪水汹涌而出，我感觉到自己是那样无能为力，我什么也做不了，我害怕听到她们说的谢谢、谢谢、谢谢。

　　我希望我写下的小说，虽然不能改变什么，但一定要是可以让我自己感到安心的文字，充满爱。爱是帮助我们生活下去的粮食和水，帮助我们不要堕落。我们只有身心洁净，才能配得上彼此的爱。这同样适用于我所爱着的文学。

　　亲爱的，不要为我担心。我已经知道我应该做什么了。我知道我要成为一个什么样的人了。小说的确改变不了什么，没有人相信我们的作家和诗人，没有人相信我们这个时代的文学，但我仍然想写作。我对一切都感到无力，但在写作中，我觉得自己还能做些什么。即使我老了，我希望我的儿子看到我曾经写过的文字，不会脸红。有段时间里，我陷入人生虚无的念头中，写过许多没有意思的东西。我已经后悔了。我希望你会喜欢我的每一个小说，当你十分衰老时，傍晚烛光下独坐炉边，手里纺着纱线，赞赏地吟着我的诗，你自语自言："龙沙爱慕我，当我正美貌年华"……是的，这是法国诗人龙沙的诗，和叶芝的那首诗相比，我更喜欢这首诗。也许，也许有点大男子主义吧。但我没有。我只希望我也能像他一样，我写下的小说配得上你的心。

请原谅我没有告诉你我为什么会突然来到 G 市。

我是在为写一个小说做准备的，这是个和战争有关的小说。我想，它既然是一个现实主义的小说，那就必须忠于"现实"，要真实。所以，我到 G 市来，是为了采访一个参加过战争的老人。

亲爱的，你会不会觉得我这是小题大做了？不就是写一个小说嘛，干吗要下那么大的功夫？

我坐在火车上时，也曾经反复想着这个问题，最后我觉得还是很有必要的，特别是在我们这个时代。我们这个时代是个词与物相背离的时代，语言与现实脱离。哈维尔说，每个人都有东西可以失去，因此每个人都有理由恐惧，因为恐惧失去自己的工作，中学老师讲授他自己并不相信的东西；因为恐惧自己的前途不稳，领导跟在更高的领导后面重复他的话；因为恐惧自己的饭碗不保，下属也就只能给领导讲领导所喜欢的话。记者是这样，报纸同样是这样。为了免于恐惧，我们只能凭借着谎言来生活。哈维尔还说，假如社会的支柱是在谎言中生活，那么真话必然是对它最根本的威胁。正因为如此，这种罪行受到的惩罚比任何其他罪行更严厉。文学是语言的艺术，在这样的现实中，它必然会发展成谎言的艺术。

我不想写这样的小说，所以，我准备采访那些参加过战争的老人，让他们讲述自己亲历的战争，我作为一个倾听者，记录下他们所讲的，它可能不是很好读，但我宁愿牺牲掉可读性，甚至是所谓的艺术性来保护我的小说说"真话"的权利。这个时代的文学，真实是最好的艺术。许多人都会反驳我。艺术成为一个可疑的词语，艺术成为自己的敌人。我只忠实于我的艺术。但我还有一个担心，记忆并不可靠，或者是事关个人荣辱利害，我如何保证我所听到的是真实的呢？

就像今天我采访的一位老首长L，他本来是这个省的省委副书记，已经退下来二十来年了，我以为他什么都会给我讲的，但我还是有点失望了，虽然他讲的比那些我们看到的战争真实，但我能感觉出来，他隐瞒了许多东西。我对那些战争并不是很了解，我不能说出来他到底隐瞒了什么，但我还是有这个感觉。他给我讲了一个叫余三元的士兵的故事，我相信这个故事是真实的，但他也有许多东西没有给我讲明白，比如他们在大荒山建立根据地的情况，那里到底发生了什么，比如稻城战役到底是怎么打下来的，他都轻轻地滑了过去，无论我如何使用采访技巧，他都守口如瓶，轻易不肯给我吐露一句话。他正讲得兴高采烈时，我猛地打断他，说，老首长，我听说稻城战役打得很艰苦，是不是这么回事？或者说，老首长，我听说大荒山根据地根本就没有建立起来，部队损失很大，你能给我说说吗？他立即就警惕地看着我了，目光是很严厉的，沉默了一会儿，他好像没有听到我的话，继续按照他的思路讲下去了。我只得到了一个叫余三元的军人的故事，这个故事是悲惨的，但也是有趣的，可以写成一个小说了。但我并不满足，我准备继续采访下去，把他隐瞒的东西都挖出来。他给我提供了一个采访线索，是和他一起参军的一个叫刘长庚的逃兵，他们还有点亲戚关系呢，但他很看不起他，说他是个软蛋、懦夫。他现在住在M省一个贫困县的农村，我想去采访一下，他讲述的战争肯定和L的不一样。这样，我的小说可能会更接近真实吧。

我可能还得过几天才能回去。

亲爱的，现在是 2∶04 了，虽然喝了点酒，但我一直都很清醒，你应该能看出来了，逻辑还算清楚吧。所以，你不用担心的。明天的火车票我已经买好了，因为去得晚了，只能买到站票了，好在我已经习惯这样了。我带了一本书，我在车上会好好看的，也许看完这本书，我也就到了 M 省了。但愿我能采访到那个逃兵，但愿就像哈维尔说的那样，无权力者的权力就是说真话，他能珍惜他的权力。

原谅我的语言贫乏，我无法仔细地斟酌字句。

我爱你。如果每天晚上都能梦到你，那也是很美好的。

之二　卡尔维诺与我

我讨厌卡尔维诺

我讨厌伊塔洛·卡尔维诺。讨厌他和柳德米拉在书店里的邂逅、调情，讨厌他们躺在宽大的双人床上阅读伊塔洛·卡尔维诺的《寒冬夜行人》，更讨厌现在有人把这部小说翻译成了《如果在冬夜，一个旅人》。

我如何把这四个中篇小说组织起来？单调地把他们排列下来？那样也有人用过了，李洱的《花腔》。他的小说很集中，就是讲述一个人的，就是讲述一个故事的。而这个小说不同，每个人的经历都不一样，每个故事都不影响另一个故事的存在。交叉是偶然的。

但它的确应该是一个长篇小说。

我让"你"到某个档案馆整理资料，看到了某一个主人公的自述，也许是像庐山会议之后的彭德怀写的万言书，也许就是像退休的首长练毛笔字一样的自娱自乐，但它显然缺了几页，然后你急切地向女资料员请求要看到下半部分，然而女资料员却给了你另一个人写的东西。你和女资料员有了感情，但你并不想和她发生什么瓜葛，因为她地位太卑贱了，你需要门当户对的爱情。你最后全部看完了这四个人的故事，你对人生有所了解，你开始珍惜生活，当然也珍惜女资料员的爱情。你们最后也躺到了一张双人床上，一起读你整理并出版的这本《战争回忆录》？

你想到这里，你就恨死了卡尔维诺。这和抄袭有什么区别？并且是多么拙劣的抄袭。你向经典致敬，但也用不着献身经典，就像你上小学时总崇拜那些因为救生产队的羊啊马啊而牺牲的"小英雄"，但你总是很狡猾地想，换了我，怕是不会那么做的。但你的作文总是写得充满豪言壮语，被老师当作范文在班上朗读，感动了很多和你一样大的小朋友，他们以为你说的是真的，实际上那全都是谎言。语言与现实脱离，人们生活在谎言中。你不想再这样生活了，所以你写了这个小说。

这个小说所有的文字都是无辜的，你不应该用抄袭经典的方法来羞辱它们。

应该有更好的方法，那是什么方法？你面对白花花的电脑屏幕，像困在陷阱的胆小怕事的小兽，四周是经典筑成的光滑如丝绸一般的壁垒，你找不到新鲜的泥巴，锋利的爪子无法再重新掏出一个洞突围出去。夜晚突然停电了，整个大楼一片漆黑，你想起了S，你深爱的女人，你想，是不是发给她看看，让她给你出个主意？

S是我的恋人

你准备暂且用给并不存在的S写情书的方式来结构这个长篇。你敲下"结构"这个词时，你突然就想到了"解构"。你也许可以用"解构"来结构这个小说。谁知道呢。现在不管它，你回到S这条线上。你和S还有一个小孩，你们都很爱他，你在外省奔波采访的时候，正好是"三鹿"事件爆发的时候，你们的孩子正好喝的是这种奶粉。你们并不是穷人，但你说，要支持民族产业，坚持用国货。你现在还在抵制"日本制造"呢。年轻时你和S都是"愤青"，在美帝国主义轰炸我驻南联盟大使馆时,你和S一起去游行过,去示威过,还向美帝国主义大使馆扔过石头。你们的爱情可以从那时开始,当警察来时,你拉着她一起逃走了,那天晚上当爱国青年学生热血沸腾地商量着第二天如何掀起更大的反帝高潮时,你和S躲在宿舍里恋爱。爱国与爱情并不矛盾,甚至是一种有趣的叙事手段。这是个国际性事件,如果这个小说将来翻译出去了,会让外国读者感到亲切的。因为他们知道那件事,但他们不知道你和S也参加了。

那场战争的本意是为了建立一个更美好的未来,未来到来了,人们却发现未来不是想象中的样子。你要这样暗示读者吗?不,你现在不敢这么做,因为你怕失去你现在所拥有的,尽管微不足道,但对你和爱你的S来说,这就是一切。你能坚持采访下去就已经很不容易了,想想S,你没必要把自己弄得精疲力竭。她是爱你的,是的,你应该想到她。

之三　关于《战争回忆录》的几个关键词

老人与战争

七八年前的时候,我还是一位中尉的时候,几位对自己曾经呆过的老部队很有感情的老首长把我挑了出来,让我参加军史写作。他们的想法非常瑰丽,还有很可贵的理想主义的光芒。他们想象中的这部军史应该由有朝气有想法的年轻作者来写作,并且全部利用采访来的第一手资料。

我那时正在一个最基层的野战军里当干事,在写材料的空余时间里偷偷地写着自己心爱的小说。能有一个这样的机会,我当然很高兴。但说实话,我最初只是把它当个逃离公文写作的难得机会,并没有真正把它当作一件事情放在心上。原因很简单,我看过大量类似于"战争回忆录"的文章，千篇一律的叙述使我想当然地把战争脸谱化了，觉得就是那么回事，不值得为它花费更多力气。

我没想到的是，当我真正接触了那些饱经风霜的老人时，亲耳听到了他们讲述的战争时，我一下子被那些奇异、瑰丽的战争迷住了，他们讲述的战争我闻所未闻，我甚至被惊呆了：战争原来是这个样子的？

我们整整采访了三年多的时间，采访了数百位战争亲历者，接着又是三年时间的无休止的写作与修改。在这个漫长的过程中，和我一起参加写作的年轻作者因为提职被耽搁等原因而烦躁不安，但我始终保持着一种激动与亢奋的状态，沉浸在深入战争秘史的秘密快乐之中。我至今仍然对那些让我参与了这一写作任务的老首长们心存感激。如果没有这一惊心动魄的经历，我不可能写出任何一篇像样的战争小说来。六年时间很快过去了，经过多次交锋与动荡，那部两百余万字的军史终于出来了。虽然它还是值得一读，但已经与我们最初的想象越来越远了。但那些战争是永远都不会离开我了，它就藏匿在我的内心深处，在我的血脉之中蠢蠢欲动，欢乐叫嚣。

想　法

我一直想把这些埋藏在内心深处的战争暴露在阳光之下，让阳光慢慢地照射着它，甚至煎熬着它，时间到了，它就"嘭"的一声爆炸了，发出悦耳清脆的声音。这是一个艰难的过程。我一直在寻找着如何更安全地让它引爆。一切都毫无征兆，2008年9月份的一天，我对着白花花的电脑屏幕，敲下"战争回忆录"这几个字以后，灵感就源源不断地来了，跳出来的句子甚至超过了我敲击键盘的速度，我不得不在旁边放了一支圆珠笔，把那些不断地跳出来的细节和情节记下来。我用了16天时间写完了这个小说。当然，我修改它又花了更多的时间。

在修改的过程中，我本来想用很多花哨的结构来打扮一下这个小说的芳容，后现代的拼贴、戏仿、反讽等玩法，我也很熟悉，但我最后都放弃了。这个小说其实很简单，我让那些参加过战争的老人讲述自己亲历的战争，我作为一个倾听者，记录下他们所讲的，仅此而已。它可能不是很好读，但我宁愿牺牲掉可读性，甚至是所谓的艺术性来保护老人们所亲历的战争。我觉得这比其他都更重要。

阅读指南

小说是这样开始的：在麦城战役六十周年之际，《麦城日报》准备出一期纪念专号，记者赴T市采访当年参加过麦城战役的英雄刘长生，但刘长生并不想回忆麦城战役，他给作者讲了另一个英雄余三元的故事。在采访过程中，作者被老人的讲述所吸引，根据他提供的线索，接着采访了另外三名亲历过战争的老人。他们的故事互相交叉，但也可以独立成章。每个故事都有一个完整的开始、高潮和结尾。你如果想单独读的话，把任何一个小说挑出来阅读都可以。

但如果你把它全部读完的话，你就会发现，你阅读的是一个长篇小说。面对同样的战争，每个人都有自己的理解，他们所知道的真相也仅仅是他们自己知道的，或者说，他们详细讲述了他们认为正确的历史事实，而避讳了其他的历史事实。作者很有耐心地采访到了最后一个人，但结果连他自己都不敢肯定麦城战役到底是什么样子了。

故　事

第一个故事《英雄简史》。作者采访在麦城战役中因为活捉了敌守城司令而荣立大功的英雄刘长生，他却认为麦城战役没什么可讲的，回忆起他所遇到的另一个士兵余三元。余三元是一个地主的儿子，在大牛山战斗后参加解放军，慢慢地忘记了自己的家庭出身，在这支穷人的队伍中出生入死，还曾在麦城战役中救过刘长生。进军大西南时立下了战功，成为了英雄，到了北京，被毛主席接见，但他最终还是逃脱不了命运的捉弄，被部队在五十年代审干、肃反时遣送回了老家，"文革"时又被残酷批斗。"文革"结束以后，当年的老战友、老上级刘长生官复原职，准备把他接到城市生活时，他却以为又要把他抓回县城批斗，在村口的老槐树上上吊自杀了。

第二个故事《逃跑的子弹》。这是一个刘长生介绍作者采访的"反面典型"。刘长庚是和刘长生一个村庄的，两人一起当的兵。他是药店的一名伙计，在半推半就中参加了解放军，但在大牛山战斗、挺进大荒山中目睹战争的残酷之后，开始疯狂地想着老婆和孩子，开小差当了逃兵。在他离开了大荒山，踏上家乡的土地时，却被一支地方部队独二旅参谋长赵关克抓住了，又被补充进了解放军。在麦城战役负伤的情况下，部队扔下伤员转移了。刘长庚回到了家里。但因为他是逃兵，家里早就被区政府封门了，父亲下落不明，老婆和孩子回到娘家后不久就改嫁了。刘长庚为了活下去，不得不装疯，最后被送进了精神病院。"文革"后回到老家，晚年时特别想念老婆和孩子，后来得知孩子在"大跃进"时已经饿死，老婆晚年凄惨。他用一生的积蓄又把老婆娶了回来，两位老人终于可以过上一段幸福的生活了。

第三个故事《伤花怒放》。在采访刘长生时，刘长生只字未提他的老婆罗麦。作者在采访刘长庚后才知道，罗麦的两个丈夫都参加过麦城战役。但采访罗麦时，作者才知道，她没有参加过麦城战役，她给作者讲述自己的爱情。少女罗麦本来是个大学生，在解放军进入她所在的城市后，心怀梦想参加了解放军。一年后，奉组织的命令嫁给了大老粗、老红军赵关克。少女的爱情梦想在现实中被粉碎。在战争中，两人终于有了爱情，但随即在麦城战役中，赵关克牺牲。抗美援朝时，罗麦嫁给了已经是A团政委的刘长生，两人的爱情幸福美满。在"文革"时，"造反派"找到刘长生、罗麦夫妇，调查原刘长生的部下、"反革命分子"马枫,他在"造反派"组织的革命法庭中供认,刘长生等人为了从赵关克等人手中夺过敌人的守城司令立大功,开枪打死了赵关克等人,把俘虏抢了回来立了大功。罗麦并不相信。马枫后被"造反派"的革命法庭判处死刑。

第四个故事《臭城》。马枫提供了另一个版本的麦城战役,它很惊心动魄,似乎也更真实,但他的口供是在"文革"中取得的,就连"造反派"的儿子也认为马枫这时有精神病了,罗麦也不相信。麦城战役的真相如何,没有人知道。

献 辞

  谨以此书献给那些活着和死去的士兵。
  他们身穿破衣,但很勇敢。
  英雄杀敌,大胆作战,
  战士的美丽不在衣裳,
  而是他的顽强和勇敢。

  我也并不去想,我的诗歌,
  在我死后是否能继续存在?
  假如它们也要逝去,
  就让它们在战场上阵亡。

  我的诗汇成了一本神圣的书,
  我死去的思想在那里安息,
  那是英雄的墓地,
  为那些为自由而死的英雄而修建。

——裴多菲《身穿破衣的士兵》

之四　他们

2010年11月2日按：根据我的小说《伤花怒放》改编的数字电影《战火中的伤情》，得到不少网友的喜爱。其实和我关系不大，因为制片方已经做了不少的改动。正如小说，它本来是长篇《战争回忆录》中的第三个故事，在第四个故事中，主人公赵关克之死将由一个精神病人讲出来。写作其实是坚持不懈地对美、梦想、爱与自由的追寻，是对心灵与精神生活的自由探险，但你们知道，我们的写作已经变成了"安全低智的世故写作、饭碗写作和趋时写作"（李静语）。但愿，我不会这样。

谨以此文纪念《战争回忆录》草稿诞生，并且它有可能也是小说的一部分。

时间像流水一样把一切冲得干干净净。

你站在岸边看到了，它们席卷一切，把它们不喜欢的东西，可能还是很有趣的东西，挟裹在它们浑浊的泥巴渣里，你在这块土地上只看到了劫后余生的幸存者，他们的面目模糊不清，无法辨别他们是否幸福。你在欣赏这一切，不知不觉地沉醉其中，像鱼一样把它当作了生命的全部……

他们在哪里？

那些淹没在时间流水中的人们，那些曾经呼吸着黑色的硝烟，在炮弹破碎的弹片中抱着死去的战友哭泣的士兵呢？那些拖着一身的伤痕，心灵被战争蛀得千疮百孔回到故乡的士兵吗？在时间的河流里，你能看到他们吗？

他们消失在哪里了？

我从他们那里来，是潜出水面报信的那个信使。

我要告诉你们的是，我所写下的每一个故事里的每一个字都是真实的。这些故事是从七年前接触那些参加过战争的老人身上开始的，他们每个人身上都布有弹痕，甚至还残留着弹片，阴雨天里，他们还要忍受战争带来的病痛的折磨。他们和他们的故事散落在城市角落的干休所里，安静而又与世无争。他们经历过战争，但我们熟悉的战争对于他们来说，又是那么陌生。他们无法诉说自己的命运，他们只能被别人书写。他们抚摸着那些书，那一行行陌生的文字。

　　我什么也没做，我坐那里，安静地倾听。我什么也没有，我只有一双善于倾听的耳朵，一颗从来没有丢失的心，它是柔软的但又是坚强的，没有人能够对它发号施令，除非让它死。我倾听来自水流深处的战争的呼吸，记录下了他们所讲的每一个字。我把它们写下来了，但我又恍惚了，他们讲的原来都是小说。

　　这些文字还有一些参考了我朋友们的作品，那些和我一样有颗柔软的心，能够听懂时间深流下面声音的作家。他们那些真诚的文字使我贫瘠的脑袋丰满充沛，灵感的河流源源不绝。本着对真实应有的敬畏，我应该诚实地写出他们的名字和作品。这也是我和读者的契约，你们相信我的文字，我们就有对真实的最起码的信任。这些作家朋友和作品有王甜的《一生绽放》、卢一萍的《八千湘女上天山》，另外一些来自于已有的军史片断，但我有意地模糊了它们真实发生的地点时间和人物，这是保护那些战争老人和我自己的一种笨拙的办法。我们总是渴望自己所写的文字避开现实这头怪兽，但它还总是要蛮横地闯进来伤害我们和我们这些卑贱作品的尊严、自由和梦想。

　　最后要说的是，我是一个与生俱来带着想象固执生活的人，这使我总是与现实世界的关系显得模糊不清若即若离。我所写下的这部小说，不可避免地带着想象的原罪，也许有些地方是我虚构或臆想出来的，但我敢向你们保证，即使如此，它仍旧不失真诚，并保持它一贯的坦荡。

时间的流水也在冲刷啃咬着我坚强而又脆弱的心，我已经不会愤怒了，但是，但是，如果有神，神啊，我祈祷你能庇护有梦想的人，让上帝的归上帝，让恺撒的归恺撒，让大地宁静，让应该盛开的百花开放，让我们不要在这世间所有的河流中迷失我们的本性……

毛小姐

之一

终于把小长篇《毛小姐》(暂定名)初稿了。随手涂下的这篇文字,讲的也就是小说是如何炼成的(小说发生学),以示纪念。

《毛小姐》正在冲刺,五千米长路尽头的白色石灰线已经隐隐可见。

这是一次没有准备好的写作,最初的文字仓皇如狗,在一个叫黄地的村庄的土地上惊惶张望,它不知道危险来自哪里,它应该往哪里跑。

从来没有一次写作像这次艰难凶险。即使在十多年前,我在偏远的苏北军营服役,天天撰写那些穿着制服的材料时,我也没有对文字如此惶恐过。

很多人知道我是个快枪手,我对所有的人都不隐瞒,一部三十万字的长篇小说,我可能在不到一个月的时间就把它完成了。我向每一个知道这事的人解释,它的背后有着上百天,甚至几年的准备,接下来会有几个月的修改。但他们似乎都不信。他们很多人认为我是粗暴地对待了那些汉字。

不,我是一个爱护自己的文字羽毛的人。

我的写作提纲是一个粗线条的，但却是一个完整的小说腹稿，血液和骨头都在。小说在写作过程中，它会自己生长出丰满的灵与肉。我唯一需要的就是在写作过程中，不要中断，哪怕只是一天的时间。

四月的时候，所有的准备已经完成，这个叫毛暖暖的女孩从出生到死亡，她所经历的，我已经无数次地经历过了。但我一直不能在电脑中敲下第一句，从来没有写小说时会有一个如此不安的开始。我总觉得时机仍然没有成熟，不可预测的危险就潜伏在路边，随时会扑出来伤害这个尚未开始发育的小说。

我始终不知道危险来自哪里。

在焦灼的等待中，我还是冒险地写下了小说的开头。第二天，那个事情来了：通知我去参加一个完全和我无关的写作任务。巨大的沮丧刹那间淹没了我。这个事情不容商量，我只能无条件接受。

整个事情充满吊诡，每次我准备开始写时，很快就会被打断，如此反复了四次。一直到六月的时候，才真正地安静下来了。我从来没有写过如此艰难的小说。你不可能全副身心地爱着这个人时，还想着另外一个人。

六月里，那种酣畅淋漓、毫无阻滞的感觉终于光临，遍体鳞伤的天赋又回来了，它用一天一万余字的速度奔跑，呼吸均匀，不慌不忙，我清晰地感受到我身体内那些文字流动的声音，飞快地在键盘上一个字接一个字地敲着，梦想缓缓地铺开。我可以熬夜到零点睡觉，困扰多日的梦魇也消失了。这个高考时带来的珍贵遗产，总是在我焦虑和疲累时如期拜访。我一直以为再也摆脱不了它了，但它真的离开了我的身体。

我给这个小说起了一个新的名字：我曾经来过这个世界。

我们都是这个世界的过客，我们不可能把我们的肉留下，骨头也会在火中成灰或者在地下腐烂，我们渴望把自己的灵留下，哪怕比花粉更小的一粒，就是我们曾经来过这个世界的证据。

一个叫毛暖暖的女孩来过这个世界，在这个小说出现以前，没有一个人知道。我也不知道。

在这个写作过程中休息时间随便涂抹的博客的结尾，我愿意把一个不知名的作家罗伯特·波拉尼奥的一句话捎给每一个忠诚于写作恋人的人们："写作是无用的，除非要立志写下一部伟大的作品。大部分的作家都在犯错，在游戏，因为世界需要很多本书，而目的仅仅在于使那本真正重要的书能够像冬天绽放的花朵一样得以被发现。"（引自杨玲《因〈2666〉而永久在场的波拉尼奥》，2010年第1期《外国文学动态》）

这会让人沮丧吗？不，正好相反，我觉得这话非常激励人。

我们要时刻准备着，我们都是那部伟大的作品的垫脚石。

一个时代不可能总是像布满皱纹和愚蠢的苦笑的脸一样平庸下去。

我还赞成他对短篇小说和大部头小说的说法。他显然更喜欢长篇小说，因为"在那样的战斗里，大师们与我们所惧怕的、恐吓和侵犯我们的东西进行着殊死搏斗，到处是致命的、恶臭的鲜血和创伤。"

他是一个文学征途上的勇士。写作的战场上尸横遍野，勇士们倒了一地。我们都是其中的一员，等待那个最后的胜利者的出现。围观的人群欢呼，但我们可以自豪地告诉自己，我们没有逃跑。

这里没有任何隐喻。

当年乡下老家的瓦房，也许早已经漏雨了，小草在屋顶上慢慢地生长。

我不知道我为什么要用这句莫名其妙的话结尾，也许我傻了。

如果你想从中寻找隐喻，亲爱的，你和我一起傻了。

（我本来想告诉看到这里的每个朋友，我以后准备以长篇小说为主了。这句话才是真正的结尾。END。）

之二

作为一个作家，我拥有一份宝贵的财富。我所生活过的那个村庄1949年以来发生的大小事情，我了如指掌。每一个老人皱纹里隐藏的故事，我比他们的子女更加清楚。每一座亡者的坟墓中埋葬的爱与恨，我也知道一些。

这要感谢我的母亲。

2004年3月，母亲从豫西南乡下赶到南京帮助我照看小孩。在接下来的三年时间里，她在强烈的思乡愁绪中开始向我诉说自己的一生，她自己经历的和她看到的听到的。刚开始我纯粹是出于一种孝心，就当是陪着老人聊天，突然有一天我意识到她讲述的是她一个人经历的历史，但同时也是对变化中的中国农村的一种记录，是对社会变迁与民众生活的原始记载。我偷偷地把它们在电脑里敲了出来。母亲至今对此一无所知，这使她的回忆始终保持单纯干净。

我最初把它整理成了一部纪实书稿，但我知道，它们迟早会成为小说。那些生活在农村的兄弟长辈们，他们无法叙述，他们只能被别人来叙述。

作家必须诚实。一个优秀的作家肯定需要多种天赋，敏感而又丰富的内心，对事物永不疲倦的好奇，执著，孤独，爱（本雅明说过，小说的诞生地是一个孤独的个人）等等。但我坚信，诚实是优秀作家必备的基本品质。就像天空需要云彩，鱼儿需要水一样，他需要诚实地面对生活，诚实地说出他所感受到的，作家是唯一一个逃出来报信的人。如果他不诚实，他的报信将毫无价值，并且还会被日后知道真相的同胞抛弃。

我用母亲的回忆来写作小说，必须要做到这一点。

两年前的时候，我回过一次那个小村庄，我曾经在这里生活了十八年。我在这里的经历也在验证着母亲的讲述。我深深地爱着这里的每一个人。我离开家乡的那天黄昏，坐在老家的一座山坡上，打量着村庄里飘起的炊烟，听着黄牛哞哞的叫声，乡村小孩游戏的喧闹声，玉米叶子在风中歌唱的声音，突然不可遏止地泪流满面，我甚至把头埋在膝盖上，小声地哭泣着。我深深地爱着这片土地。但我显然已经不属于她了，我甚至无法在这里长久地待下去。因为爱，所以痛苦。

母亲讲述的村庄史和我自己的直接经验，那个小说呼之欲出。但我一直不知道如何开始写作。触发写作激情的是一个叫老汪的朋友。

2010年4月的一天，我阅读到了他的《语言是历史的必然对称》。在这部书的第一页他介绍这个小说："清晰地描绘了一个女孩由清纯、干净，走向混浊、肮脏。最后，在黑暗中、在人们麻木的视觉与听觉中女人孤独无助的死去了……"在看到这段话的几秒钟之后，一个叫毛暖暖的乡村女孩扑面而来，她的模样，她的神态，她年轻眉头上的皱纹清晰可见，她经历的每一天都源源不断地出现，她的艰辛悲苦让我泪水潸潸。

我几乎是怀着惊恐的尊敬来读老汪的这部小说的，我害怕他的这个小说中的女主人公和我看到的毛暖暖一模一样。但读到三分之一的时候，我就知道，我可以放心大胆地写我这个小说了，我的小说将和它毫无重合之处，我们的小说长相与气味将完全南辕北辙。我们所写的这两个女人不是姐妹，她们有着天渊之别。唯一相同的是，她们是生活在同一个国家的女人。

仅仅是一句话（当然，在有的作家那里可能是一朵花、一个眼神、一个匆匆而过的人影，诸如此类）就可以触发滔滔不绝的灵感，这正是写作的神奇与魅力所在。

如果没有他，我同样还会写这个小说的，但肯定不是现在这个时候来写，肯定不是现在这个小说。还需要说明的是，这部小说用了母亲提供的资料十分之一都不到。这笔珍贵的财富将伴随我一生的写作。我曾为自己出生在农村而焦虑不安，但我现在喜乐感恩，我成为母亲的儿子，是命中注定的安排。

每一个喜欢写作的人，请爱我们的长辈，他们的每一条皱纹里，都有我们所不知道的爱与恨，他们沧桑的脸上，有我们所不知道的心灵的挣扎与生存的悲哀与孤独，这些足以给我们的写作提供丰富的营养。

小说并非像一些人说的那样总是神的恩赐，相反它有可能就在我们自己最常见的事物中。考虑到故事已经在我们的小说世界占据了绝对的统治地位，我们与现状妥协，但我们完全不必要殚精竭虑地编造传奇，我们只用诚实地面对我们所要面对的世界，在我们从未想到的会有美的地方寻找美。

这是小说的道德。就像雷蒙德·卡佛说的：如果语言和情感是不诚实的，如果作者是在做作，如果他是在写他并不真正关心或者相信的东西，那么也没人会关心他的作品。

在这个失信的时代，我们特别需要诚实，如果允许一部分人先诚实起来，我希望是作家。

在开始写作这个小说的时候，我已经为它写下了结尾：当年乡下老家的瓦房，也许早已经漏雨了，小草在屋顶上慢慢地生长。

我不知道我当时为什么要用这句莫名其妙的话结尾，但我的确觉得这里面有种迷人的隐喻，和我要写的这个小说遥相呼应。正如你们所看到的，这个小说完全无法使用这个结尾了。

事实上，小说写作就是一次叙述历险，作家把人物制造出来，他就有了自己的生命，会自己决定如何解决矛盾，如何去爱与恨，他甚至比作家本人还要高明，作家事先准备的规则与圈套完全失效，只能被自己所制造出来的人物牵着走，他决定自己的命运。所以，克劳德·西蒙说："小说所叙述的……只不过是写作本身的历险和其魅力。"

感谢我所爱的人们，感谢我所热爱的小说，让我的生活更具魅力。

钢盔呼吸

六七年前的夏天，在北方某个城市的角落里，我面前坐着一位老人，当时我的身份是名军史写作者，他在给我回忆他所经历的战争。老人是在解放战争爆发时参军的，七十多岁，这是个还可以想起一些细小往事的年龄。老人是和村里七八个年轻人一起当兵的，从1947年离开家乡，一直到1955年左右抗美援朝结束后才回到家乡，那是一次匆匆探亲，家里像过年一样挤满了人，乡亲们摸着他的军装，很眼红他穿得那么好。还有几户人家，充满渴盼地向他打听自己的亲人，那些和他一起当兵的儿子或者丈夫。他惊讶地反问他们，他们早就牺牲在战场上了，你们不知道吗？他们当然不知道，他们每天都在盼着他们能回来，最后却等到了他们死亡的消息。但他们死在哪里，怎么死的，这位老首长自己也不清楚，他只知道他们都死了，只剩下了他一个。不对，还有一个，就叫他S吧，在千里跃进大别山时开小差跑回家了，因为他当兵时已经结婚一年多了，老婆已经怀孕七八个月，应该已经生下来了。他想他们，于是他就在半路跑回家了。按照辈分，这位老首长得给S喊叔，他问他们，S现在怎么样了？乡亲们告诉他，S现在不知道去哪里了。原来，S开小差还没跑回家，部队已经通知当地的区政府，S成了人民军队里可耻的逃兵。S回到家里，区政府就组织民兵来要说法了。S挥着锄头冲出村庄，下落不明。

上个世纪八十年代初，已经成为首长的老人再次看到了S，S把自己的一生都讲给了老人。老人又讲给了我。

故事当然很多。所有的遭遇都和他的这次当兵有关。

当时我就知道，总有一天，S会和我一起完成一个小说。他的一生就是一部奇怪的不能出版的小说。这些年来一直想着S，我甚至能在想象中像拼图游戏一样拼出他的长相。又过了若干时间，我突然想起，我怎么当时没有问问那位老首长，那些和他一起当兵的老乡战死在沙场了，怎么没有人通知当地政府？S只是一个开小差的，还没跑回家，当地政府就知道了，效率怎么这么高？一个英勇战死的士兵的名字难道还不如一个开小差逃跑的？这不是孤例。还有一位老首长讲，在抗美援朝前，他所在的部队从四川沿长江出来，到武汉的时候，他的一名老乡也跑走了，化装成乞丐，历经一个多月回到了家乡，等待他的同样是人民民主专政。也就是说，他同样是在没有到家的情况下，家乡的政权已经知道他是名逃兵了，已经准备好了。这位老首长在八十年代初回到老家，这位老乡不无惭愧地抱怨自己昏头了，最艰苦的战争都打下来了，最后却开了小差，以至于到了现在，成了一个老光棍，啥也没有。这位曾经当过兵的老农民，一个劲地责怪自己的命太坏了。

战争中那么多的无名英雄，实际上都是有名字的，当然，这和我无关了，我只想写写S，写写他的一生。如何写呢？把他放在一个已经装修好的历史的椅子里？不，这不是S，S的一生就是一部不能出版的小说。那么，我把它写下来又有什么意义？这其实已经不是问题了，因为我知道，小说只有无意义，才可能会让我们的写作变得有那么点意义。问题在于，我如何来写S。这显然是个技术问题。

这些年来，S由一颗小小的种子在我心里不断茁壮成长起来，我看着它慢慢地长大，但仍然把握不准以何种方式让它出生。在这期间，我看了日本的一个电影《我想成为一只贝壳》。很显然，这也是S的愿望。S只是一个农民，他甚至都没有见到过大海。也许见过了，在他流浪在各个村庄寻找外出讨饭的父亲的时候。我会不会让他也到我的豫西南家乡一趟呢？那里没有大海，只有一个水库。

　　我准备开始寻找、呈现S用他一生写的这个小说了。这需要一个突如其来的缘分，你才能接近S，准确地触摸感觉到他的这一生。感谢T君，我们在聊天时，T君突然提到了稻草人。我一下子想起，在我小时候，我常常坐在田边，充满忧伤地看着田里的稻草人，多么孤单的稻草人，我想成为一只鸟，落在它的肩上，陪着它给它说话。S会不会在他小时候也有类似想法呢？他在各地流浪时，会不会疲惫而又忧伤地打量广袤的乡村田野里的稻草人？那是北方农村很普遍的风景，S应该也看到过，并且会有一些想法。这一切我都可以让他做到，让他也像童年的我一样，在幼小的心灵中想象着稻草人的孤独，当然也可以让他年老的时候，孤单地陪伴着稻草人说话。他只有这一个可以倾诉的对象，倾诉自己的一生。在这个小说中，他最后一定是要死的。他早就在田野里为自己挖好了墓坑，当他感到身体有病或者很难受的时候，他就会艰难地走出村子，躺在这个墓坑里。很多次，他都没死掉，只得慢慢地爬出来，再回到冰凉的家里。这并不是我的虚构，我们村庄的一个光棍老人就是这样的。在我的小说中，他并没有这样圆满死去，而是被村里两个中学生杀死了，因为他是一个每月能拿一两百元优抚金的老人，他们认为他很有钱，实际上很不幸，他们只找到了60元破破烂烂的纸币和硬币，所谓的优抚金，只是他编出来的。有谁会发优抚金给一个逃兵呢？他终于被埋在了他挖好的墓坑里了，那里面还有些积水，他的尸体被扔进去的时候，一只被惊动的青鞋刚要跳起来，就被铺天盖地的泥土严严实实地盖上了。没有一个亲人，他死去的时候，只有稻草人为他哭泣。

当然可以再黑暗一点，比如，杀死他的不是中学生，而是他的儿子。他的老婆并没有带走孩子，而是丢在了村里，被村里某个乡亲收养。在一个视他为耻辱的村庄里，没有人告诉他真相，也没有人告诉那个孩子。这样的故事是不是有点熟悉？所以，还是算了吧，按照生活逻辑本身来发展。不预设故事的走向。故事是在小说发展过程中自己长出血肉，它是什么模样，不可能是在我的控制之中。

这些都是我的想象，真实的S应该还在北方某个偏僻小村安静地活着，如果他健在，现在有八十多岁了吧。这真是一件奇妙的事，他可能永远都不会知道，有人正在给他写着一部小说。想起了一部电影《奇幻人生》，作家在写作，而主人公也在现实中真实地生活着，他的命运被作家所操纵。多么可怕，作家居然要让他死，于是他就反抗这种命运。希望我这个小说不会这样。S应该在和谐社会中好好活着。他的一生是部不能出版的小说，希望我能忠实地写出一部这样的小说，不能为了让它出版而篡改S的奇怪的一生。包括写作，所有的一切都不是问题，问题在于我的内心是否足够强大，足以让我对抗篡改S一生的龌龊想法，悲哀的是，作为一个训练有素的写作者，我具有这种轻易篡改的能力。亲爱的稻草人，我和你一样孤独，希望你给我力量，在内心建立起一种有效的自卫防卫机制，帮我战胜那些邪恶的力量。

这个小说的题目就叫《钢盔呼吸》。

预计可能需要二十万字，大概要两个月时间，可能更短，应该不会更长。但也不一定，因为年关到了，要应付各种总结之类的杂役。电脑也坏了，还要去修。母亲回河南老家了，要接送孩子上幼儿园，晚上哄他睡觉。希望自己能沉着应付，脾气再好一点，更好一点，这样才能静下心来和S在一起，倾听他对稻草人的倾诉，倾听他的命运的呼吸。

第三辑 编年史

我和裴指海

我拥有过很多名字。第一个名字叫"裴二娃"。这是我们老家和邻县常用的名字。男的从大娃到二娃三娃,我见过最厉害的到十二,姓王,叫王十二(娃)。这还不包括姐妹在内,姐妹们是"妮",从大妮到二妮三妮……类似于江西的伢子、上海的囡囡什么的。我怀疑贾平凹小时候可能就叫贾平娃。陕西商洛那块儿离我们不远。

父母没文化,连起名字的能力都没有。我们村庄"王二娃"就有四五个。有时就叫大王二娃、小王二娃,甚至把爹妈也说出来,这才知道到底是哪个。现在回到老家,还有人叫我"裴二娃",不过,听着好别扭啊,并非是西装穿在身,变了我的中国心,而是多年没回,连自己的名字都觉得陌生了,仿佛那是别人的名字一样。

关于"娃"的名字,还有一个故事要说。

这样的名字是小名,上学时会用新的名字,虽然也是"梅"啊、"焕"啊、"海"啊、"军"啊这样没有想象力的名字,但总比"娃"洋气。在派出所的户籍中,登记的都是正式名字,是不带"娃"字的。话说十五六年前,邻村有两个男娃子初中没上完就准备出去打天下,到了南阳,想坐出租车。司机一看是乡下的"娃",就训斥他们一顿,大意是说,这车是你们坐的吗?说话还带着脏字,此处略去不提。司机没想到的是，其中一个，家境还真的可以，虽然比不得城里人，但在那个小村庄也是数一数二的，再加上姐妹很多，好不容易有个"娃"了，父母宠得不行，他这次出来是带着"出走"的性质，身上还真的带了几千块钱。司机骂完过了嘴瘾，开着出租车跑了。此事到此打住也就结束了。换了别人，冲着出租车的屁股骂几句也就捞回来了。但这俩娃儿第一次到大城市来，还没有习惯城里人的傲慢与偏见，站在马路边，毒辣辣的太阳照在头顶，越想越气，君子报仇，十年太晚，只争朝夕，俩娃决定把司机干掉。都说流氓很可怕，有文化的流氓更可怕。其实是没文化的流氓才真正可怕。有文化的流氓做事会在脑袋里转几圈，没文化的流氓是说干就干。俩娃到商场买了两把菜刀藏在衣服里，然后就在南阳市转着找这个出租车司机。事情就是这么怪，那么大一个城市，他们还真的不到一天时间就找到了这个司机。真不知道他们是怎么找到的。接着就甩出几百块钱，说是到某县去（不是我们县，是另外一个县），司机认钱不认人，真的就去了。我揣摩，这个司机可能是属于脾气不太好嘴巴又不干净的那种，也是一个没什么文化修养的，骂的人太多了，真的把他们俩忘了。他心里肯定高兴拉到了长途，丝毫没有感觉到坐在身边的俩娃身上藏的菜刀冷飕飕的。

　　出租车快走到那个县时，俩娃把司机杀死了。那个家里有钱的男娃还学过开车，就把出租车也开走了，开了一会儿，觉得没意思，就扔在野外了，把身上溅满鲜血的衣服也扔在了车上。初中没上完，他们根本就不具备做这样大案的必要智商，把衣服、凶器丢在车里不说，衣服里还揣着一个账本。家境不错的那个男娃家里有台收割机，麦季到来时，就开着收割机挨个村子割麦赚钱。上面记的就是欠钱的人家。因为都是本乡本土的，所以那上面的人名都是"吴大娃"、"裴二娃"这样的人名，村名也没写。他们一家看这个账本没问题，我看了，估计也没问题，鸡犬相闻，大部分人名都能认出来。

但对公安来说，它就像个密码本了。公安发愁了。但那些人名好歹是条线索，就把习惯叫"娃"的范围缩小到了我们县和邻县。一个派出所一个派出所查，几十万人口，查了两个月，查到我们乡的派出所了。真怪，就我们村庄一个叫"吴二娃"的还真的是用小名在派出所登记的。公安找到"吴二娃"，账本一拿出来，哦，是欠邻村某某娃的钱，我们家刚卖了一头牛，我还，我立即还。公安说，我们不是来收债的，我们只用知道这是谁的账本就行了。吴二娃还很感动，觉得公安太认真负责了，捡个账本还要亲自送给失主。吴二娃一家怀着崇敬的心情把公安送到门外，看着公安像旋风一样向邻村扑去。啥也不用说了，一抓一个准。

我爹没那么多心眼，没有想过小名将来对公安破案可能会有帮助，到派出所报户口时，没用我的小名，用的是另一个名字"裴之海"。没文化的父母居然会用"之"字，有点不可思议吧。其实一点都不神秘，我们这一辈就是"之"字辈，父亲们是"学"字辈。再上，我也不知道了。我想，可能是老裴家很久很久以前有读书人吧。我见过别人的家谱，排辈的字连在一起，就是一首很励志的诗歌或者警句，至少能排一二十辈了。老裴家至少也有十多辈没有出过读书人了吧，所以，到了"之"字辈后，下面就没有了。我一直在纳闷，前面是什么东西我们要"学之"呢？将来有机会回老家，得问问叔叔伯伯，俺爷爷到底叫什么。家谱当然也没有，问他们，被逼急了，就说是从山西大槐树下来的。河南人都是从山西大槐树下来的，等于没说。想想，乡村的父老乡亲们也蛮可怜的，想方设法地想生个儿子传宗接代，传不过三四辈，连点影子都没有了。

很庆幸我排行老二，哥哥是之江，小时候听到收音机里天气预报说"枝江"时就特别亲切。我是之海。轮到叔叔家的小孩了，就叫裴之洋了。他上学时，老师念了他名字，然后问他："你干了什么坏事？为什么要赔人家一只羊，怎么不赔头牛呢？"当时我听说后，就觉得这老师挺好玩的，我只是眼红他是"洋"，没想到还能念成"赔只羊"，幸亏自己早出生了几年。晚了，赔只羊的就是我了。

按说，"裴之海"是个很好的名字，但那时还领会不了它的妙处，学了"志"字，再联想到老师总教我们要做有理想有志气的人，我就自作主张地把自己的名字改成"裴志海"了。没有任何法律手续，自己就在课本上、作业本上改了就改了，甚至连老师都没问过我。奇怪的是，我上高中的哥哥也跟着改了。哈，我记得很清楚啊，是我先改的，然后他才改的。我一个小学生把一个高中生都影响了，那时觉得自己很牛，连哥哥也不放在眼里了。五年级时，我考上了乡重点初中，哥哥考上大学了——那时农村能有一个人考上大学，绝对是件大事。全家人都围着哥哥高兴地说着话，我被冷落了。于是，我就在旁边讽刺了哥哥几句，内容是什么我现在忘了，但对像我这样小学没上完就已经啃过《红楼梦》《三国演义》，看完了十年文革的《解放军文艺》《朝霞》刊物的人来说，我相信杀伤力是相当惊人的。哥哥从来没有打过骂过我——这次以后，也没有打过骂过我，就连他大学毕业后，在县城供着我上高中时，知道我在早恋时，也没骂过。有次他到学校找我，正好问到和我早恋的女生，我还回去得意地告诉他，那就是我对象。他好像也只是笑笑，让我好好读书，其他也没说什么。那次是真的把他惹毛了，全家人的笑声戛然而止，哥哥是真生气了。我一看势头不对，撒腿就跑——记得很清楚，村里有户人家正在盖房子，一堆泥好大，我"嗖"的一声就从上面窜了过去，而哥哥却不得不绕了一下。到了村外，我"唰"的就从一个土坡上跳了下去，然后，然后我就站在坡下笑嘻嘻地看着哥哥，哥哥站在坡上威胁了我两句，大意是回家再说。当然，回家了也没说什么。现在想想，我当兵后，最喜欢跑五公里越野可能就是那时打下的基础。

那时到派出所改名字好像也不难。我当兵走时，有个材料需要到派出所去办，那个户籍警找到了我那一页——天意啊，哥哥上大学走时把户口开走了，奇怪的是，派出所里有我的名字，出生年月日却是哥哥的。明显是搞错了。我立马指出了这个错误，顺便指出了另一个错误，"裴之海"的"之"字也错了，应该是"志"。哈哈，没看户籍警的脸色不说，户籍警还看我脸色慌慌地改过来了。改名字这事就这样取得了合法性。

（名字别传。小学时，有个外号叫"二怪"。其实一点都不奇怪，没有人看到过这么小的家伙到处跑着找书看，还都厚得像砖头一样，我上小学时就读过我们军区创作室黎汝清的《叶秋红》，前年去看他，心里还是蛮激动的。初中时，很奇怪有个外号叫"老板"。我到现在都没搞明白怎么会有这样一个外号，因为老板们都应该很有钱，我没钱，一天只吃五分钱的菜金，和另一个同学合伙，五分钱买一块臭豆腐，他一半，我一半。中午我买，晚上他买。长得也瘦，根本就没有老板样儿。给我起这个外号的那个人是我同桌，他有个很难听的外号叫"鞭子"。我们农村把动物如牛、绵、狗的生殖器叫做"鞭子"。不知道这个家伙为什么会有一个这么难听的外号。有次有个女生追着问他"鞭子"是什么意思，当时我被逗得笑得肚子都疼了。下次回家到他们村里找找他，我得问问他，为什么要给我起一个"老板"的外号。到了高中，文化都高了，这才没有闲人整天琢磨着给人起外号。有次遇到过一个初中同学，当着我早恋的女生的面喊我"老板"，让这个女生吃惊不小，问我这个外号是如何来的。我当时也没解释出来。"二怪"我还是赞成的，"老板"也不错，很能满足少年的虚荣心。不过，这真是一个奇怪的外号，至今百思不得其解。）

书归正传。等到我终于悟到，还是"之乎者也"比较有文化时，除了法律上有着诸多改名的限制外，我自己也不想改了。从小就缺书读，上小学时连哥哥姐姐的中学物理课本都看（看那些物理学家介绍），在县城中学也没多少书读，就读盗版的邵伟华讲四柱的书。看不懂，但越不懂越想看。乡村其实一点都不封建，各种香艳的故事很多，有些人和事全村人都知道，但一直也没人离婚，有时还很和谐。这可能和乡下娶个媳妇不容易有关系吧。关于这些事，有句俗语"不怕贼来偷，就怕贼惦着"。我就像那贼，总是惦着四柱，终于在大学里某一天，突然豁然开朗，知道四柱到底在讲什么了。先给自己掐掐，裴志海这名字还真就比"裴之海"好。这可能也是天意让我叫裴志海吧。迷信了吧。

但我要声明，我看四柱也就是大学那几年，刚刚入门，然后就毕业了，然后就再也不看四柱的书了，也不给人算命了——我对四柱感兴趣，仅仅是对我所看不懂的书感兴趣，并非是对四柱本身感兴趣。具体到小说来说，我对弱智的小说就没多大兴趣，绝对智力歧视。——凡是敌人拥护的，我们都要反对。那么，如果敌人拥护我们自己呢？我们是不是要反对我们自己？作为一个有道德感的人，是的。所以，我智力歧视写作弱智小说的人，如果我自己是个写作弱智小说的人呢？我当然也要反对我自己。目前来看，能出版和发表出来的大部分小说，都属弱智之列。我的也不例外。所以，有必要反对我自己。从今天开始，我要启用一个新的名字：裴指海。和四柱有关，也没关，因为要有关的话，"裴指甲"这个名字也不错啊（懂行的朋友可以试着看一下，比裴指海这个名字牛），还有五行比这搭配得更好的名字，我就没用。我也得承认，我的四柱造诣也不足以让我给自己或者别人起名字，因为按照四柱的说法，即使一个看上去很好的名字，如果不能和八字配合起来使用，反而适得其反。即使精通四柱，还有风水呢。同年同月同日同时辰出生的，出生的地方不一样，父母不一样，命运也是不一样的，因为你的命运总是和别人的命运纠缠在一起。那种总是拿出生时辰相同但命运不一样的例子反驳四柱的同志，实际上还是不了解祖国传统文化的博大精深。这句话是反讽吗？也未必。

花开两朵，再表一枝。说到这里，我倒希望那些包养情人的贪官们能迷信一点。你能一帆风顺地当上官，至少说明你的八字和你妻子并不冲突，她的八字可能还会冲克刑害合掉你八字中不好的那一部分，就是民间说的"旺夫相"。但如果你找的情人和你八字不合，那你就要倒霉了。也就是说，你找一个情人，实际上也就是找一个破坏你原本不错的八字的人。当然了，这只是我开的一个玩笑。不能当真，万一人家八字相得益彰呢？哈哈，怪不得好多人都没事，有事的只是少数人。

如果我是书法家，有官有款找我写字，我非给他写一条幅："命运是大事，交易要慎重"，既励志又警世恒言，很适合挂在办公室，警示自己，还能淡泊以明志。

同志们，上面那一段是我说着玩的，千万不要当真。

（不行，不能这样说，万一有贪官看到我的这个博文呢？还得再转折一下。）

开始转折：不过，科学家告诉我们，人类只了解了百分之四的物质，还有百分之九十六的物质人类所知甚少（甚至就是不知道），他们称之为暗物质或者暗能量。同时，新物理学也证明，还有四维五维六维，甚至更高维度空间存在。三维的空间我们知道，四维空间是什么？有物理学家说是"平行世界"。哗，一下子就跳出我们的理解范畴了。多么牛的事情，平行世界啊。我在这个世界里从此以后有了一个笔名"裴指海"，谁知道另一个平行世界里是不是还在用原来的那个名字呢？

科学家都说不清的事情，我们也应该谦虚地保持一点敬畏之心吧。

另外一个原因是，我发现连裴这个可以说是冷僻的姓氏，居然和我裴志海同名的就有好几个，还有一个居然也是军人。所以，我现在看到"志"字就不舒服，志气像爱情一样，应该藏在心里，而不是像空空荡荡的舌苔到处亮给人看的。所以，这名字必改不可。从此以后，下定决心，叫裴指海了。哈哈，想到这个名字，首先出现了一幅画面，两个人站在美轮美奂的大海边，裴指海指着大海，让她看什么呢？我得想想，意境一定得非常美才行。

改名字肯定会改变心态。比如现在，我正在竭力摆脱过去的某些东西，可能是好的，也可能是坏的。但有一点是肯定的：我很想用这个名字把我写的那些出版或者发表过的东西甩开，开始一个新的开始。

如果有些东西甩不掉呢？没事，还用"裴志海"来应付，比如工资单啊什么的，比如一些我觉得不好但又不能不写的文字。读者，以后你们要看作家裴指海的小说，少看裴志海同志写的烂文。真委屈你了，裴志海，我的好哥们儿。

在一起

我很早就开始写作了。

发表第一篇作品是在1985年11月25日的《青年导报》，那是我们河南省团委办的一份报纸，题目好像是《别了，别里科夫》。别里科夫是契诃夫小说《套中人》的主人公，一个可恶可憎、可悲可怜的小人物，胆小怕事，保守顽固。我那时上初一，我们的班主任就是这样一个人。比如说，他明确要求我们，男生和女生是不能说话的，一说话，在他看来就是在恋爱。他有很多可笑的故事。那篇文章有两千多字，写的就是他。写完以后，心里忐忑不安，因为在现实中我们都怕他，不敢在他面前说一句出格的话，我把他当成了"别里科夫"，还写成了文章，他要是知道了怎么办？

2008年5月，参加汶川抗震救灾，一踏上成都的土地，突然想起一个成都女孩，她的名字我已经忘记了，但她的容貌我还有点印象。站在成都的街头，有点茫然地想，她现在在哪里？她是否安全？但我同时也肯定，她即使出现在我面前，我们肯定彼此都认不出来对方了。至少有十七八年了，从青涩的少男少女到为人父为人母，改变的不但是内心，容貌也同样在改变，何况，我们那时也只是仅仅看过对方的照片。

我在高中的时候，在《文学少年》《春笋报》《中外少年》《作文》《全国中学优秀作文选》等青少年报刊上发表过百十篇文章。那时没有电脑，图书也极其匮乏，我在我们县最好的中学读书，印象中那个破烂的图书馆里也没什么书。过于单调的中学生活特别流行笔友。我的文章发表后，三年时间里，前后收到大概有三四千封中学生的信，印象中除了西藏和港澳台，全国各地都有。可能是和这些信有关系，现在，随便报一个县名，我基本上都能立即说出它在哪个省的。这些信大多数都是倾诉青春期的苦恼，寻求远方的友谊。我那时算是一个好学生——尽管我最终没有考上大学，但我一直在努力学习，不可能一一回信。在我印象中，大概只给十多个人回过信，其中就有这个成都女孩。这些笔友很快随着中学毕业而失去了联系。但我对这个成都女孩留有印象，是因为我们通过一段时间的信后，我们互相赠送了照片——这也是当时笔友间比较流行的。那时的岁月青涩，但也绝对单纯，远方的友谊格外珍贵。我当兵后，疲于为前途奋斗，皱纹慢慢地爬上眼角，人也变得越来越内向、世故，并且固执地认为朋友越少越好。要应付更多的朋友，就要付出更多的时间和精力，并且，大多数的人并不有趣。

　　那些中学时的笔友，都成了浮云，我敢肯定，在这近二十年的光阴里，我完全忘记了他们。如果2008年不到四川抗震救灾，我也许到今天也想不起曾经有个成都的笔友。记忆一旦被激活，总会想起来。几天前，我和成都的一位朋友聊起，我随口说，我还有一位成都的笔友呢。他问，还有联系吗？我说，没有，都过去二十年了，这一生都不可能再遇到她了。仅仅是两天的时间，突然在新浪博客里收到了一张纸条，问我，是河南的裴志海吗？我条件反射地认为，是我的老同学或者老战友。我就开玩笑说，是河南南阳的裴志海，不是河南洛阳的，他是一个诈骗犯。）我的确曾在网上看到一个洛阳的诈骗犯和我同名同姓（这也是我坚决地取笔名裴指海的动机之一）。她告诉我，她是成都的，中学时曾是我的笔友。我一下子就想起她了，我说，天啊，不是你吧，我前两天还刚提到你。事情就是这样：她就是我二十年前的那个笔友，她甚至还能找到我中学时寄给她的那张照片。而我，手边已经完全没有那时的照片了。你不能不感叹，世界是如此神奇，第六感或者说预感真的存在吗？这是一个奇妙的平安夜。

书归正传。

写作最初带给我的不是快乐，而是恐惧。

德里达在回答"文学是什么"时，答案很简单："文学是一种允许人们以任何方式讲述任何事情的建制。"但在很多时候，我们没有"讲述一切"的授权。一个乡村的初一学生在省报上发表了一篇两千来字的文章，应该是件很轰动的事情，但因为恐惧，我把样报偷偷地藏了起来，没有人知道他们中间潜伏着一个做着文学梦，因此对现实很不满的家伙。

我并不以为自己是"文学神童"。但另一方面，我觉得自己是有文学天赋的。我老家在河南省南召县，那是一个山区县，贫穷犹如夏天的苍蝇一般繁殖迅速并且无处不在。我是一个很奇怪的混合体，出生在70年代的乡村，童年还没过去，父亲就去世了，我经历了乡村岁月的所有苦难，曾经在城里运来的垃圾堆里捡吃过长了绿毛发霉的牛肉干。我排行老五，是家里最小的男孩。乡村传统中有一个奇怪的悖论：最吃苦最受累的是长子，他们要承担更多的责任，但最受父母宠爱的却是小儿子。我是这个悖论的受惠者。家庭的艰辛基本上都由哥哥姐姐承担了，苦难当然也没压倒他们，但他们比我多了更多的现实感和功利性。在我的童年时代，白天没有什么农活让我干，这使我在夜晚时精神百倍。我的母亲为此备受折磨，她不得不忍受着疲倦在煤油灯下给我讲一个又一个故事。我母亲是个讲故事的天才，她给我讲了她所有听过或看过的民间故事。我的想象力常常在一个个神奇的萨满教和巫术世界里旅行。是的，我现在还算年轻，但我的文学训练从三四岁时就已经开始了，我是在民间故事中长大的。这对我的性格有很大影响，我从小耽于沉思，敏感而又忧郁，但我同时也是轻松的，满足于幻想。我是一个可以在幻想中生存的人。这当然使我在现实生活中常常碰壁，但它们基本上对我构不成威胁，我可以利用想象为自己建造一座坚固的城堡，自得其乐，过着逍遥的生活。这让我迷醉。在文学世界里，人会忘记现实，在文学所创造的世界里呼吸与生存，和故事同命运共悲欢。文学创造了独立于现实的另一个世界，人在想象中获得彻底自由。这个文学王国里的秘密我很早就知道了。

从11岁第一次发表作品，到中学毕业时，我在中学生报刊已经发表百十篇文章。但我那时写下的东西，根本没办法和现在的韩寒们相比，他们赶上了好时代，可以利用有限的自由，进行无限的阅读。阅读积累和写作训练，对于一个写作者来说，都极其重要。我们那时根本就没有什么书读。母亲去年还说，我没上学时，见个纸片都要拿回家让她给我读读。图书如此贫乏，以至于我在上小学时，连哥哥姐姐的高中语文课本都读了。物理、化学课本也啃了好几次，但因为看不懂，没能坚持下来。残缺不全的四大古典名著也都连滚带爬地跳着读完了。认识一大堆字却无书可读，这让我像关在笼子里的困兽一样，眼睛都急红了，逮住什么书都看。村里有个老教师，"文革"时是个"造反派"头头，家里有十年文革时期的《解放军文艺》和《朝霞》，我一篇不落地把它们全看了。那正是八十年代中期，文坛上风起云涌，作家们都在玩现代主义、后现代主义，我却在苦读"文革"十年的文学刊物。这本身就像一部后现代黑色幽默小说里的滑稽情节，让人想笑，却不由得流下了心酸的泪水。

1992年高考落榜后，我参军入伍，在江南一座军营里当了一名炮兵。

二十年过去了，我总是想起那个沉默的新兵。在每天操课之余，躲开众人，拿着一个马扎，偷偷地跑到营房的楼顶，趴在膝盖上摊着的稿纸上写作。那些新兵因为想家而流泪，因为训练艰苦而烦恼，因为青春被套上了笼头而躁动不安，而我，和他们穿着同样紧紧捆缚着青春躯体的军装，却拥有另一种他们无法体会的欢乐。文学为我构建了一个无边无际的世界，内心踏实，浑身充满秘而不宣的力量。我在写着一个从来没有写过的篇幅超长的小说，讲述的故事是我从来没有经历过的，故事中的人都是我想象出来的，那是一群生活在1948年豫西南伏牛山区的土匪、农民和士兵。因为从小听母亲，还有村里老人讲过无数次那个年代的事情，我一点都不觉得他们陌生，我能清晰地看到他们的模样。写作是如此愉悦，我根本就没时间为艰苦的军旅生活烦恼。是的，作家一旦开始创作，他就已经脱离了现实生存，进入了另一种独立的精神存在。没有人知道我在写小说。在战友眼里，我是一个乐于助人特别懂事的士兵。晚上在连队站岗时，可以坐在连队门口的一张桌子前。每次我都主动要求替别的士兵站岗，不是替一个人，而是替两三个人站岗，这样我就可以积攒四五个小时用来看书和写作。我就这样完成了长达四万余字的中篇小说处女作《1948年庙岭》。它很快发表在了《昆仑》上。由于没有大块的时间供我使用，我在当兵两年半的时间里，断断续续地只写了三个中篇小说，它们都发表了。

　　任何时候，我都感谢这支军队。如果没有参军入伍，我相信我现在仍然在写作，但我肯定不会是今天这个模样。我对自己目前的状态很满意。简单地说，我知道我要写什么，每天都在辛勤努力，但同时远离颠倒梦想，无有恐惧。我对军队心存感恩的另一个重要原因是，它让我深入战争内部，使我真正地认识到了什么是战争，也使我的写作，特别是战争小说创作，具有了自觉性和方向感。我有一口取之不竭的创作资源之井，它到底有多深，我甚至都不知道。

我已有的写作，只是从中汲取了几颗水滴而已。

我有六年为某集团军写作军史的经验。带领我们写作的是几个从枪林弹雨中活下来的老兵，他们雄心勃勃地要求我们采访每一个幸存的老兵，然后创作出一部扎扎实实的纪实文学作品出来。我们在全国各地奔波，夜以继日地采访战争亲历者。这是一次惊心动魄的经历，那些老兵给我描述了一个我从来都没有经历过的世界，它不是《红日》《林海雪原》里的，也不是电影电视里的，甚至也不是老兵自己写过的《星火燎原》里的，而是活生生的人，活生生的战争。无论他们是默默无名的普普通通的老人，还是离退休多年的高级将领，面对我们的采访，都毫无保留地讲述自己在战争中的遭遇，讲述战争中的苦难、激烈和残酷，那些血淋淋的往事。很多时候，他们哭，我们也哭。这些老兵大多数都已经是八九十岁的高龄。孔子讲过：三十而立，四十不惑，五十知天命，六十耳顺，七十不逾矩，随心所欲。这个岁数应该有一种随意、通达的心境。他们不在乎胜利，只在乎死去的战友，在乎他们在战争里流下的血和泪。风从他们头顶拂过，我听到了那些掠过战场僵硬的尸体和腐烂的骨头的风发出的呜呜声。在此之前，我用丰富的想象写过战争，但那些想象在这些老兵描述的战争面前，是多么荒唐可笑，那种对战争想当然的想象又是多么浅薄和滑稽。我终于明白，作家要以人道主义精神审视战争，才能创作出震撼人心的具有美学力量的作品。

这注定是一个艰难却也终究能够看到天边曙色的漫长的孤独旅途。我信心满满。

毫无疑问，我们的写作都是不自由的，受制于我们的经验。我们的经历有限，阅读是获得经验的一个重要途径。我们对历史的了解和对现实的洞察很多时候取决于我们的阅读，但那些被过滤掉丰富细节与尖锐真相的阅读，很难说，是不是已经把我们的经验引向了歧途。我因此是幸运的，我比我的同龄作家对战争有着更深刻更真实的感性认识。突如其来,那些满身尘土、眼睛清澈、慢慢变老的士兵们清晰地出现在我面前,我要写的,就是其中一个。还有无数个,都在等着我。我将和他们永远在一起,还有我的小说,以及我的爱与悲悯。

师妹你好

大学时读的是一个非常热闹的艺术学院，毕业已经整整11年了。我们那一届的其他系，也有个别人打拼出来了，但比例很小。我们那个系，更不用说了。曾有舞蹈系的小朋友给家长打电话，家长问："你们学校还有什么系？"小朋友说："除了我们舞蹈系，还有唱歌的系，有画画的系，有当演员的系，有写书的系，还有一个系不知道是干什么的，他们什么都不会。"那个"什么都不会的系"，说的就是我们的那个系。

这个小朋友是刚到学校，如果时间长了，他会对家长说："那个系不知道是干什么的，但他们什么都会。"还有一个段子："吹拉弹唱，打球照相，领导讲话，带头鼓掌"说的也是我们这个系。这一点其实也不大准确，除了个别的"万金油"，其他的还是"术业有专攻。"我同室有个哥们儿，他算是一个"万金油"，我看过他的剧照，在他们那个业余演出队里，他会跳舞、会表演、会报幕、会美工，都还行。但他对我说，专业考试时，他是用文章把我们系主任征服的。我看了那文章，写得不短，有一两万字了吧，属于"痛说革命家史"类，至少文字通顺吧。这个要求不高，但在我们那个系里，已经算是很难得了。

其实所有的同学都有一个艺术梦，他们多数都是业余演出队考上来的，像我们这些为数不多的野战部队出身的，很少，自然也就聚在一起了。现在有联系的哥们儿，基本上也就是这几个。师妹是其中的一个。

我已经忘了师妹在上我们学校以前是干什么的，在基层的可能性大一点，比如通信连什么的，也可能是在演出队吧，因为师妹在学校选修的专业课是舞蹈，那段时间里，常见她穿着一身舞蹈服走向专业教室，自信满满的样子。但比起其他更张扬的专业，比如表演的、唱歌的，我们都是属于小众的。可能是这个原因，也可能是她对书特别有感觉。而我，在大学真正读了三年书，女朋友很少，书很多。所以，她和我们还是玩得来的，下午没课时，常到我们宿舍里吹牛。我们那个宿舍一共有三个人，她和我们每个人都相处得很好，是那种像哥们儿一样的好。不知道是什么原因，我们那时好像真的没有在本系谈恋爱的，60余人，20多个女生，居然没有一个互相恋爱。想想也真是怪事了。当然了，勾引其他系女生的事情倒有一些。和我同室的一个哥们儿就严重受伤过一次，他暗恋某系一个女生，那个女生看上去非常低调，某一日，他到哥们儿A的宿舍去玩，结果，于是，看到了……回来了，哥们儿非常受伤，也非常委屈，A虽说是他哥们儿，但A要长相没长相，要文化没文化，要专业，专业也臭得一塌糊涂，属于那种我们对他都很客气但内心又都看不起的那种人。这哥们儿就想不通，那么一个优秀的女生怎么会看上他呢？这件事肯定在他心里留下了浓重的阴影。再后来，某系我的一个哥们儿看上了一个民族学院的女生，第一次请吃饭，不知为什么非要把我拉上，结果，这个女生再来我们学院时，就不找他了，直接跑到我们宿舍了。虽然有些似是而非的表白与暗示，但我至今不知道她对我是不是有那个意思。但我的确有一点蠢蠢欲动了。这哥们儿也来劲了，虽然他没成功，但我的确也很烦这种劳神的游戏了，于是爱情还没开始就结束了。也许是我的一个错觉，她可能对我们都没感觉吧。只有她和老天知道了。这里面有着一个青春伤感的故事，我把它当作素材写成了一个小说《寻找小说的过程》。我觉得那个小说写得很有意思，也是和我自身经历关系最密切的一个小说，可惜那时因为阅读了大量的小说，已经对文学刊物有点眼高手低了，所以就不曾投过稿。现在再拿出来，时代不一样了，显然已经没法发表了。能有这样一个青春记忆，也算是一个不错的小说吧。所以，那段时间手写的文章和小说，我都没有再录入电脑，但把这个小说录入电脑了，是不久之后我谈的女朋友帮我录的，她也正在上大学。她还问我："这个小说写得这么活灵活现，是不是你自己经历过的？"我就板着脸很严肃地对她说："你都读大学了，怎么还会问这么低级的问题？小说当然都是虚构的，和现实没一点关系。你看那《金光大道》，和现实有关系吗？"她一想，是这么回事，觉得我这人既老实又有才气，更加坚定了当我老婆的决心。后来我们就结婚了。

这篇文章是说师妹的，一扯就扯远了。

现在想想，我都觉得有点奇怪，师妹出身于书香门第，很小资，因为我们是朋友，所以，她的朋友也成了我们的朋友，比如她的一个闺蜜，走到哪里都带着一个漂亮的包，包里有杯子、勺子，还有咖啡，她从不喝我们提供的开水，只喝咖啡。而我第一次喝咖啡还是在五六年以后，经常喝咖啡还是最近一两年，并且还是牛饮。她还有一个闺蜜，是那种特别喜欢看书的——比我这个以后专业写书的看得还要多，和她在一起，只有听她说的份，我都不敢插嘴。是真的不敢插嘴。在上大学以前，我只看过国产作家和个别国外作家的书，连《百年孤独》都不知道，贾平凹那时就像我的神，莫言是神的大哥。我至今还记得，我们要到遥远的舟山群岛实习时，她到图书馆前和师妹告别，我在人群中寻找着她，我看到她了，她也看到我了，似乎也是那种寻找的目光,但我还是很自卑地把头扭向了一边,也可能装作很冷淡的样子和她打招呼了——我记不清了。我后来问过师妹,她也不知道她后来去了哪里。那么聪明智慧的一个女孩。

以我的经历,当然不大适应小资的生活态度和方式,我总是觉得那是在"装"。现在看来,这种想法当然是错误的,比如说师妹,她是十年如一日地那样生活着,到英国去看博物馆,到美国去逛艺术馆,到夏威夷晒太阳。看过她发来的房间的照片,包括厨房,都是自己布置的,也很小资。也许不是小资,我不知道该用什么词,因为我在这方面知识极度贫乏,《瑞丽》杂志上的美女我都不看。我生活一点都不讲究,所以应该如何定义讲究的生活,大脑一下子极度荒芜。那种生活、人生态度和我是两个世界,始终无法进入。这些年来,虽然和师妹有联系,但多是她给我信箱发些自己写的文章,画的画,照的照片,我看了以后基本没回。不是我不想回,而是我没办法回。我与她的那种生活实在是两个世界。但我欣赏她这种态度,执著,表里如一,除了容颜由不得自己控制,其他各方面真的没什么变化,连神情姿势都没有什么区别,而其他同学见面了,有时真的让人大吃一惊,当年活跃的,变得沉默寡言了,相反,当年几乎让你察觉不到的,生活状态却好得出奇。我有一个哥们儿,印象中那时说话也不多,他的单位也不见得好到哪里。今年四月份见了,不但谈笑风生,而且面孔也年轻了很多。我们都说,这是因为他刚娶了一个80后的老婆,并且还非常相爱的原因。真的很奇妙,一个爱人可以改变一个人的外貌(他的确比我在五六年前见到他时还要年轻,甚至都有点娃娃脸的倾向了,当年他可是一脸少年老成的模样)。当然,他还像当年一样真诚。这样的人是多么幸福啊。

师妹如今出了一本书。应该是一本随笔集,书名起得也不错,并且也不是自费出书。从书名推测,应该也是一本适合小资阅读的图书,希望它能有点动静。师妹画画。功利主义地想想,这样很好,小资读物有个不小的目标群体，如果能得到认同，写作上出名了，对她的画画当然也有帮助。这是俗人的想法，可能小资们并不在意。

我们那60多个怀抱艺术梦想的同学们，现在还在坚持的只有几个。比如有一个，作了电影、电视剧的导演，很不错，拍了一些电影、电影剧，特别是有个电影，还是一个名气不小的作家的作品，我看过小说，电影也看过，还是四月份在北京小聚时，才知道这电影是他当的导演。小吃一惊。当年他也是一个非常不活跃的人，不是属于那种嗓门特别大的。我甚至都没有和他说过几句话。当然了，有几个女生，我们在三年大学里，一句话都没说过。那时真的是铁了心"道不同不相与谋"。年轻时真好，底气很足，一切不在话下。

当然，我现在嗓门仍旧很小，公众场合仍旧沉默。小时候被父母管教得太严了，性格必然会懦弱、胆怯、内向。所以，我现在坚决反对严厉管教孩子，更不能去打。要让孩子勇于犯错，勇于尝试。唉，和孩子他妈建立不起共识啊。也许她小时候没被打骂过吧，不知道其中的利害。

还有一个典故，是我听说的。据说师妹毕业后，被分配到一个很不理想的单位，师妹就没去上班。一年过去了，那个单位受不了，主动给师妹打电话，央求师妹："你来不来？如果不来，你办个手续走吧，不然，白白地占着我们的一个编制。"于是，师妹就去办了手续走了。

我那年毕业时，由于读了太多的书，真的成了书呆子了。毕业时，领导说，都别找关系，哪里来还回到哪里去。我心想，这好啊，我本来是从南京来的，还回南京去，正合我意。于是，别人在跑关系，我高兴得不行，还到处讲，我要回南京了。哥们儿还真都能忍着，就没有一个人告诉我，领导是在忽悠人的。那时洋洋自得地想，人啊，真是命，比如，有人一生下来就在美国，有人一生下来就在非洲，那就大不一样了。当然了，鉴于同学们都在活动，我也有点不大放心了，找个机会问了问领导，真的是哪里来还回哪里去吗？

领导很肯定，还告诉我，你当然是回南京了。结果，我被分配到了福建一个很偏僻的小镇。其他的基本上都不错，像我这样的还真不多。女朋友在南京，虽然她说她不怕，大不了到福建再找一个工作去。但想想，觉得还是离得近一些比较踏实。那时性格虽然还很内向，但胆子还不小，就自己跑到管分配的干部部门，问他们，还有哪些单位没有人愿意去。干部处的那个不错的干事就说，还有两个单位。于是，我就从这三个中挑出一个在苏北的红军团。现在想想，这个选择是非常明智的，那是我呆过的一个最艰苦，也是最累的一个野战部队，但又是一个最为正规和有人情味的地方。很累，但心情至少比较舒畅。当了8个月的排长，到了机关，刚到机关，就和政委顶了一次牛，一件很小的事情，我认为我没错，但师部一个科长跑去给他告状了。政委有些生气，跑到政治处来找我，我解释了一下，他可能正在火头上，听不进去，还训我："像你这个德性，不行就下连队去！"我也火了，说："如果机关真的是这个样子，你以为我愿意在这里呆啊？下就下。"政委气得扭头就走。组织股长也愣了，对我说："你怎么这个样子，谁敢和政委这么说话啊？去给政委道个歉吧。"当然没道歉。刚从大学毕业，虽然老实，但脾气还是有一点的，不像现在这样老奸巨猾。我做好了下连队的准备，其实在连队当排长比在机关当干事轻松多了。当干事还得交伙食费，那时的伙食也不好。女朋友来几天，打了几次饭，司务长还不高兴，让她也交伙食费。这位兄弟比较势利，老同志都没事，看我面嫩，凑上来找抽。饭菜吃不完，都喂猪去了。我女朋友连猪都不如？钱是小事，关键是太恶心人了。问他，别人的家属来队，交过伙食费吗？答："团长家属来队，人家就交伙食费。"不爽，顶了回去："你如果给我女朋友也开小灶，不要说一天交五块钱了，交五十元都行。"司务长就生气了："你怎么这样说话？"答："就这样说了，你可以给团长反映啊，找江主席也行，江主席问我，我也是这句话。"可见，那时顶嘴都成习惯了。但就是没一点事，以后还是照常工作，照常和政委见面、汇报工作（那时我在负责党委中心组理论学习），有时走碰面了，也不用远远躲开。就是那个司务长，我再去打饭了，也没见过他给我少打菜。可见，那个部队的人还是非常好的。

直到今天，我在写这篇文章时，还在无比怀念我呆过的这个部队。其实，我呆过的所有部队，遇到的所有的领导都不错，包括在大学时，比如，当我们学员队长知道我被分配到福建，我不想去时，就找了一个北京的单位，还送给我四瓶酒让我带给他们领导。事情很顺利，我只要把档案带过去就可以留下来了。我回来给她说了，她还真的把档案给我弄出来了。结果，我一声不吭地拿着档案回到了苏北的那个单位。我是做过激烈的思想斗争，在我还没有毕业时，文学系已经有哥们儿在写剧本了，那真是一个有着无比强大诱惑力的城市，机会很多，诱惑很大，对我这样一个骨子里又是一个机会主义者的人来说，我肯定抵挡不了种种诱惑，不可能安心的。当然，也有爱情的力量。苏北和南京，都是江苏，想想都亲切。想了一天又一天，最后还是决定回苏北去。我怕那个学员队长说我，一声不吭地溜走了，后来就一直没再和她打招呼（我是一个多么不懂礼貌的人啊）。也是过了两三年后，她从别的同学那里知道了我的联系方式，打电话时还说了我一顿，我只能嘿嘿地笑着道歉。

我也不知道这个选择对不对。八字上说，我适合北方与东方。北京在北，南京在东，两个方向都没错。但如果选择留在北京，那肯定是另一种生活了。如果人生能够像在电脑敲这篇文章一样多好，写得不满意，删掉重来。呵呵，人生的确很奇妙，环环相扣，如果我留在北京，我就是另外一个人，过着另外一种生活了。按照"多重宇宙"的说法，这样一个人在理论上是存在的，只是我无法与他沟通而已。每个人只能拥有一种人生，值得珍存的怀念真的不多，这篇本来写师妹的文章，突然就离题万里地扯到其他地方了，真不知道是在哪里跑题了，算了吧，风吹哪里算哪里。

十 年

高中时代结束以后,时间就像一辆撞了人的肇事车,逃走得慌慌张张,道路两旁的风景破破碎碎。十年前的春天,我在北京街头用胳膊挡着沙尘暴艰难地行走着,在地铁站里放下胳膊,上面那层厚厚的沙尘就像昨天才刚刚被抖掉。昨天听一个朋友说,十年前的那个冬天他住在北京苹果园。我突然想起,那年冬天我也住在苹果园,天天早上挤着公交车进城,傍晚时挤着公交车回来。那时我很疑惑,苹果园里怎么看不到一棵苹果树?我和那位朋友现在已经很熟悉了,十年前的时候我们也许曾经擦肩而过,互不认识,目光相撞,也许就不经意地移开了。而十年后的今天,我们的友谊比钢还强,比铁还硬。

十年,能发生多少事情?

2000年1月9日,我正式接到通知,参加了一个军史写作班子。很多事情都忘记了,这个时间却记得很清楚,甚至比结婚的日子还要清楚。难道它比婚姻对我一生的影响还要大吗?

应该是的。我清楚我要写的战争小说会是什么模样了。通过对三百多名老兵的采访,我知道战争是怎么回事了。

有人说,中华民族是一个饱经苦难而又最容易忘记苦难历史的民族。这话也许有失偏颇，但有时也不无道理。

在作家章诒和的书中，有两个关于"遗忘"的细节让人惊心动魄：

1985年，曾是民盟领导人之一的史良病逝。1957年时的著名"右派"、民盟领导人章伯钧的夫人李健生参加追悼会。在追悼会上，李健生痛哭失声，几乎跌倒在地，情绪难以自控。民盟中央的一个在职部长低声问身边的人："她是谁？"一位老者答："她叫李健生，是章伯钧的夫人。"另一个民盟中央机关的干部问："章伯钧是谁？"老者无语，一片沉默。

章诒和在另一篇回忆康有为女儿康同璧的文章中又一次讲到了一个类似的细节：五十年代末，一次在人大三楼小礼堂举办文艺晚会，她与父亲章伯钧坐在靠后的位置。康同璧坐在了第一排。开演前三分钟，毛泽东进了会场。当他看见了康同璧的时候，便主动走过去，俯身与之握手。许多人见到了这个场面。当时坐在章诒和身边的一个官员模样的中年人，对他身边的夫人说："这老太太不知是哪个将军或烈士的妈妈，面子可真大，咱们的毛主席都要过去跟她打招呼。"章诒和忍不住，插了句嘴："她不是谁的妈妈，她是康有为的女儿。"那中年人的夫人追问："谁是康有为？"

章诒和回忆说，她当时听到这句话时，大笑不止。但我读到这里时，不但没有笑，反而感到深深的悲哀和痛苦。

这就是历史。这还是大人物的历史，就这样被遗忘了。

我们采访的那些老兵，大多数人的名字在史书中毫无记载，他们讲述的战争故事，我从来没有在书上见过。他们讲述的是活生生的战争，有血有肉，一针下去，故事浑身都疼。

70后作家，甚至还可以把60后的作家也包括进来，有谁像我这样掌握了这样多的战争机密？我不敢提50后作家，因为他们中有些人，至少我对他们的写作一直心存敬意，当然，也有个别的60后、70后作家，我从来不敢轻慢他们，在他们的作品面前，或者在他们还没有写出来的作品面前，我一直保持足够的敬意。

七年时间。

2006年7月离开，到了现在这个单位。

2002年的时候，我写了两个长篇。这两个长篇和那时我写的其他我喜欢的文字一样，从来没想过要它发表或者出版。那时，我几乎与世隔绝，唯一与文学沟通的渠道就是网络，和几个要好的朋友在一个很小的论坛里玩着，文学从来都没有离开过我，但现实中的文学体制又从来没有在我视力所及的地方出现过。我几乎把它们忘了。我感谢那时打下的基础，让我现在仍旧这样踏实地生活着，在一定程度妥协，但实际上还是一个"打酱油的"，日出而作，日落而息，文坛于我有何哉。我希望在新的十年里，继续这样活着，在与世隔绝的房间磨刀霍霍，出门的时候，不要拿刀，就拿一个酱油瓶。

即使在今天再回头阅读这两个长篇，我还是非常喜欢，甚至还有点佩服自己，这么多年过去了，它们仍然保持着勃勃生机，一点都没有因为时间的流逝而容颜衰老。

2002年时还出版了两个长篇小说，其实这两个小说都是从前写的一些想着要发表的小说的合成品。一部小说是中学时代发表的校园小说，有几十篇，样报样刊保存着很麻烦，我就把它们人物统一起来，故事做了适当的起承转合，看上去像一个长篇小说；另一个是乡村小说，是几个中篇，我也把它们拾掇成了一个长篇。这两个小说，干的都是技术活。毫不夸口，经过大量的现代主义后现代主义小说阅读训练，我玩这种技术犹如一个熟练的技工。我无意贬低这两个小说，实际上那个关于乡村的长篇小说我在一定程度上还是很喜欢的，现在有没有把握能把小说写得那么好玩，我其实也没多大把握。

一切都是从2006年7月开始的。我进入专业创作单位。我丢掉了这之后的两年，我宁愿把这两年丢掉。我从原来的地方大踏步地后退了，我本来以为，只要保持强劲的内心力量，适当妥协，将来仍然有可能唤醒我的内心。但我错了，我很难写出 2006 年以前那样的小说了，那种神采飞扬的、有趣的小说了。人是会被改造的，强大的环境是会改造人的。我明白过来的时候，试图继续沿着自己原来既定的路线走时，我却发现自己已经失去了那种能力。你想适应环境，你就不可能再从环境中全身而退了。小说不再有趣，一看就知道是个老实人写的小说。是的，我是一个非常老实的人，但我多么希望我的小说不要像我这样老实。

我在慢慢地唤醒它们，我正在让自己后退。历史发展总是螺旋状的，世界不是平的。就像你要爱上一个人，你就要准备与她的命运紧密相连，爱情有多少欢乐，你们就要付出多少的痛苦。如果你对小说的感情就像对待恋人，你就应该这样。何况，有着数十年的准备，关于小说，她只会给我带来欢乐，即使她不能见到天日，我相信她仍然是欢乐、幸福的。请各位放心，我们之间没有痛苦，我们紧紧拥抱，相互汲取力量，让我们内心平静、幸福，源远流长，一直到老。

多么可爱，像一个纯洁的孩子。

新十年开始了，就像我用了一个新的名字，这十年肯定会和过去的十年不一样，不管是生活，还是我的写作，我都做好了迎接它们到来的准备，我相信，它们只会更好，不会更坏，只会让我们灵魂安静、祥和、充实，而不是其他。这诗意的人生。

大冒险，说真话

我一个人玩"大冒险，说真话"。

从 2006 年下半年开始写军事题材小说，两年多了，现在终于开点窍了，有点心得体会了，与同道中人交流。有些可能也错了，但我保证，我说的都是真话。

1. 什么都不管，先写出来再说。有两年时间，一写现实军营生活的小说，就先"自我审查"一番，这个不能写，那个是老虎屁股不能碰，咱要按既定原则办事。首长说，要写长篇小说。为了响应首长号召，就写了一个长篇《士兵传》，自认为"刺眼"的东西一开始就"过滤"掉了，虽然写出来了十七八万字，但说实话，我都不想看第二遍了。太难看了。本来以为这也是替编辑着想的，省得将来让人家为难，实际上编辑也看不中。我这时才发现一个重大失误：我以为出版社的编辑大人都是跟着市场走的，我写得热闹，好看，很铁血，市场流行的元素都有了，应该可以了吧。但实际上不是那么回事，你再市场，你能有人家刘猛写得好？刘猛人家那是了解一点部队生活，其实也就是皮毛，然后就自个儿想象。只要是个"军迷"，是个喜欢看战争影片的"影迷"，这类小说当然会写得虎虎生风，新华书店摆了那么多"传奇类"军事小说，是军人作家写的还真不多。像我们这些在部队呆了十几年，几十年的人，已经和部队融为一体了，温暖的东西我们有，但阴暗的东西我们也很熟悉，再加上"自我审查"，当然是没法写了。出版社的编辑还是喜欢有文学性的东西的，特别是我们部队的出版社。地方出版社免谈，十个有九个会让你按市场流行的小说来写，甚至还有个劝我到新华书店里看看哪些小说在流行。晕，我上新华书店的次数肯定比他老兄还多。我不会上当的。

经验：什么都不管，先写出来再说。按照生活本来的逻辑，按照现实主义"真实"的原则，有什么写什么。根本就不要"自我审查"，发表、出版时，自然有编辑在把关。这是一个编小说的出版社编辑说的。令我如梦初醒。

2. 战争小说很好写，空白处多多。很多战争文学都是利用老战士的回忆录或者军史类图书，走的还是"传奇"的路子，战争还是"漫画"式的战争。用一个评论家的话来说，就是把根本不是那么回事的战争写得蛮像那么回事而已，甚至还有"劣币逐良币"的嫌疑。想写战争小说，肯定得有个自己的战争观。还有一个办法，多接触一些干休所里的那些老人，听听他们是怎么说的。那些老战士即使写有回忆录，那也常是别人捉笔的，没法看，你只有听他们说，那才是真正的战争。感到很奇怪，那些从死人堆里爬出来的老首长们，一生经历那么丰富，我们那些捉笔写回忆录的同志们居然会有那么厉害的本事，能把一个老首长丰富、瑰丽的一生活生生地弄得干巴巴的，居然能把精彩的东西一个不剩地全部过滤掉。看这些书时，总抱着一丝期待，脑袋再糨糊，也有犯晕的时候吧，总该有点漏网之鱼吧，可惜还真的没有。只有亲耳倾听战争亲历者的讲述，并且不带任何问题，就让他讲自己所经历的战争，这才能真正触摸到战争。

3. 小说要站在真实的生活土壤上。文学是写人的，是写人性的，这没错，许多作家这方面都做得很好，特别是那些年轻作家，小说语言和写的人性都无可挑剔。但他们的小说也有缺陷，那就是不敢直面我们当下生存的现实。比如，这两年要投稿，就订了不少文学刊物揣摩（写小说的，要揣摩文学刊物的口味，这也是毛病，但这是文学国情），发现写小姐的小说还真不少，这是个热点。但看了几篇，没有一篇比互联网上的一组图片更让我震撼。那是警察扫黄时拍的一组图片。有提着小姐四肢的，有揪小姐头发的。还有那些战争小说。战争是死亡、炸弹和纷飞的血肉，战地黄花虽然香，那也是因为土地下面埋藏了太多的尸骨，鲜血滋润，想不妖娆也难。战争文学如果回避这一点，不但违背写作良知，也不会有什么出息的。我们要玩就玩真实的战争，由此蹚出一条路来也是有可能的。

4.清算自己身上的"文学遗产"。在网上看到有人说，上大学时，老师就教他们，大学教育就是把中学时的教育清除掉。我们上大学时，系主任也说过类似的话。文学创作也是这样，当然这很复杂，因为这里面存在一个继承与发扬的问题，天才不是从石头缝里蹦出来的（迄今为止，就蹦出来一个孙悟空，但到底是不是个天才，也相当可疑）。那些说自己从来没写过东西，甚至也没看过什么书，某一年突然想写小说了，一写就成功了的"创作谈"（还真多，每个作家都不一样，但这个说法却是惊人的一致），都是装神逗你玩的。可能人家也不是有意装神，但虚伪成附骨之蛆进入血液了，自己也不知道自己虚荣又虚伪。我相信连他自己也不相信这个说法，私下里肯定已经做了很多阅读储备、知识储备、写作准备工作。还是毕淑敏比较实在，她说她在西藏生活十八年，故事多得自己都受不了了，非要写出来，写之前，扎扎实实地读了两年中文夜校（也许是电大），阅读了大量文学书，这才开始写了。

大多数文学爱好者肯定没有这些天才牛，都在悄悄做着写作准备。这时的指路明灯，很可能就是那些国产作家或者文学刊物，甚至会喜欢上某个作家，只要是他的作品都要看。我当然不能说所有的国产作家都是可疑的，但大多数作家都是被"吓破胆的知识分子"倒是真的，我就经常被吓着。这也没什么，怯懦是人的天性，可以理解。你怯懦，你可以沉默，但作家是我见过的很投机的一群人。当然，中国人骨子里人人都是机会主义者，都不能幸免。但作家总该有点良知吧，总该有点批判意识吧，总该有点羞耻感吧。作家不但是用文学作品影响读者，他还在用自己的思想影响读者，特别是对文学爱好者来说，情况更是这样。六七年前在互联网上替书商主持一个论坛时，见到一个大叔，写了数百万字的小说，一个长篇就有五六十万字，那些小说比"现实主义冲击波"更雷人，让人对我们的"文学遗产"毛骨悚然。所以，能远离国产作家的影响就尽量远离，特别是八十年代前就出名的，还有九十年代后出名的（当然也有例外，如李洱）。我对那些在八十年代奋斗出来的作家仍然充满敬意和期待，当然你自己要学会辨认，哪些人写的是反动小说，哪些人写的是真正的小说。我所说的远离，包括远离他们的文学作品，远离他们的人生趣味，远离他们的思想，远离他们发表出来的文字。最聪明的作家都是最清醒的，对社会、人生看得很透，知道如何趋利避害，因为清醒到看到了一切，所以清醒者永远都不可能醒来，你别指望他们的文字能给你带来思想上的愉悦，要不是为了了解这个时代及其文学现状，我也懒得看他们的文字呢。

当然，必要的尊敬一定要保持，因为话语权还在他们手里。这也是一个机会主义者的建议，或者说是投机者吧。我承认。

5. 再回过头来，认真学习国产作家的小说。这似乎和第4点矛盾了。其实也不是，魏源同志在百年前就讲过"师夷长技以制夷"，你写小说的本事超不过他们，就不能夺过话语权，你只能当个文学愤青，最高境界也就是老年愤青。像我这样，目前还只是个中年愤青，只能在网上说说，并且声音还不能大了。只有像韩寒同学那样，在博客上打个喷嚏,媒体就全体感冒了,这时才能大声说话了。郭敬明应该也有话语权了,可惜那是个很听话的乖孩子,就会时不时地在自己博客上秀自己那并不美的身材,亮出他的脑子来肯定也是空空荡荡。写作混到这份上,其实也挺可怜的。国产作家的现实主义技术玩得都很好,这应该学习。最重要的是学习他们的语言。这是江南作家的强项。余华、毕飞宇、苏童,包括一拨九十年代后出名的,语言都很棒。江南作家的语言不美,当个作家就丢人,就像北方的作家如果像江南作家一样写小家碧玉的小说也同样丢人一样。我对江浙一带作家的语感都很佩服。他们的作品,我是经常看的。当然,十有九次都无法顺利读完,气味不对。像河南作家李洱的《花腔》、阎连科的《丁庄梦》,那倒是一个晚上就看完了,还常看,大概都是吃红薯面馍长大的,放的屁都带着红薯味,这可能就是传说中的臭味相投吧。想单纯地享受语言之美,那就多看江南作家的小说。这当然是走钢丝,作品都是一个整体,陷得深了,被作家的趣味影响了,那就不好玩了。文学技术主义、艺术至上俺都不反对,生吞活剥一位朋友的话说,就是在中国当下,写小说是可耻的。马(甲)说:知耻而后勇,就一定能写出好小说。

6. 写寂寞的小说。现在的文学作品中,读者最不喜欢看的可能就是小说了。他们也只认那些成名于九十年代以前的作家的作品。九十年代后出名的作家身上都或多或少地带着"原罪",因为九十年代以来,整个社会、文化、政治发生急剧变化,知识分子没有激情,也没了热血,要生存就得变成社会或市场的同谋者,只有同谋者才能得到文化机制的认同,然后才会获得名声。但伴随着互联网的读者大众已经不容易被欺骗了,所以他们要抛弃同谋者的文学了。遥远抄袭事件揭下了最后一块遮羞布。从 2004 年开始,遥远就已经开始抄袭了。事情就是这么吊诡,他只改动了一下题目,小说内文丝毫不动,文学期刊也已经上网了,居然这么长时间没有一个人发现。他抄袭的大都是文学大刊上的作品，也同样发表在文学大刊上，甚至连洪峰的小说都抄袭。读者没有发现，拥有大量同行赠刊的编辑部也没发现，甚至连原小说作者本人也没发现。很显然，读者没有看这些刊物上的小说，编辑也不看，作者本人发表以后也不再关心了，文学评论家也不会看的。那些发表在文学刊物上的小说，会有什么人在看呢？可能一审、二审、三审的编辑会看。除了他们，还会不会有人看，这是很可疑的。我们也清楚地看到，那些经常在文学大刊上发表作品的作家，除了批评家经常提起，在这个圈子之外，真的是一点动静都没有。出版社的朋友曾讲，在他们社里出版过一个在文学刊物上很有名的年轻女作家的长篇小说，印数只有一千二百册，并且还卖不动。那些文学刊物上的小说，面目都差不多，精气神都是文学机制规范过的，谁都可以在文学刊物上大量发表作品，但谁都无法让名声冲出文学期刊，让读者大众认同。这样说来，在文学期刊上发表大量作品又有什么意义呢？你想让谁看你的小说呢？所以，不如转过身来，坚定地写自己的小说，不去凑这个热闹。

人的思想都是变化的，我的观点也就是在此时此刻有效，可能也都错了，说不定明天就会又变了。毛主席说，知错就改，还是一个好同志。别的不敢说，但我敢肯定，我是一个好同志。

望高山

我习惯在电脑中为每一年的所作所为都建立一个文件夹，从2005开始，都有点编年史的味道了。我看了一下，"2005年"的文件夹是237M。"2006年"是405M，"2007年"是140M，"2008年"创下了新高，是426M。这还不包括特地为单位写的那些东西，给单位写的文字材料是4.58M。"2008年"的文件夹里还不包括我看过的那些电影和玩过的游戏，这样一算，我应该是个劳动模范了。当然，对于写字的人来说，这都有点损人的味道了。真受不了那些局长什么的，放下大腹便便的美丽身段非要弄个工人的帽子戴着去申请"劳模"，占着肥得流油的肉锅，还看着我们工人阶级破碗里一点虚拟肉丝，还要抢，真不要脸。这样的人，建议发现一个就挖坑埋一个。多埋几个，就不用再搞计划生育了。

所以，劳模我是不敢当的，426M也是吓人呢，里面还有许多从网上荡下来的资料，还有一些个人玉照，都是高分辨率的，占用了好多M。当然了，本人的玉照可能比小说还要好看，所以和小说放在一个文件夹里，似乎没有辱没那些小说。好在文坛是雄性老板当家，铁主席也没办法，所以不流行"帅哥作家"，本人"玉照"无处可去，只能暂时和我的小说委屈在一个文件夹里了。真对不起了。

看似跑题，实际上没有。

为什么会有这么多片片？因为这一年出门不少，参加活动不少。

一是到苏北，还有那个小岗村一游。当然文人出游，不能叫"一游"，就是有题词"某某到此一游"的念头也得压下。那叫"采风"。虽然和"采花"有一字之差，但境界却是高得不得了的，是受教育的，不是看风景的。然后又到苏南，本来还要到上海，可惜到了无锡，单位有事，就临时跑了回来。别的都忘了，就记得在江阴时，遇到了一个乞讨的小女孩，她把跟在我旁边的女同事当作了我女朋友，非要我掏十元钱买她的花给"女朋友"。这花意义重大，当然要买。更重要的是，听到了久违的乡音，一问果然是河南老乡，但是豫东的，和俺老家豫西差得太远了。我对带着小孩出来乞讨的老乡一向很不满，千方百计地躲避计划生育，生了好多孩子，但却对孩子的教育不管不问。贫穷根本不是理由，河南老家早就免了农村户口子女的学费。花了十元钱刚买了一朵花没走多远，忽然就跑出来四五个小孩围着我，都是让我买花的。我真的作难了，"女朋友"只有一个，我买那么多花干什么？我想不干了，她们就拉扯我衣服，甚至还有一个六七岁的小女孩说要给我下跪了，说着说着真的跪下来了。我又羞又急，只好赶忙掏钱，再说还都是老乡呢。一人五元，不要花了。但这也不行，她们都有职业道德，非要我十元钱买一枝花。我都有点生气了，但还不能发作。感谢那第一个女孩子，她只有十来岁的样子，但懂事多了，忙过来把她们叫走了，我这才解脱了。注意我的行文，我用的是"她们"。这些乞讨的小孩都是女孩子。很显然，那些男孩子可能真的在家上学。我强烈鄙视那些重男轻女的农民兄弟。如果他是我的亲人，我再文明，也会抽他的。其实也是说说，我连老婆都不打，更何况是打别人了。

二是五月份到烟台参加一个文学刊物举办的笔会。都是老朋友，多年没有见面了，当然很高兴，又认识了不少新朋友，回来后常在一些文学杂志上见到他们的名字，觉得亲切多了。如果有可能，我想尽可能地多参加一些类似活动。我是一个沉默的人，但我并不自闭。

三是刚从烟台回来，四川地震，于是也去了。亲临现场的人的感受，别人是无法体会到的，我如果再多呆一段时间，可能真的会精神崩溃。此事不想再提。

四是九月到丹东参加了一个长篇小说笔会，看到了隔岸的兄弟一般的异国，只不过这兄弟犹如同床异梦的夫妻，早就各走各的道了，但还是拴在一条绳子上的蚂蚱，你想挣脱，但又有诸多国家利益纠葛，无力摆脱，令人慨叹。犹如我与现实的关系，都很糟糕。

这些地方除了四川，其他地方都有我的片片。在烟台、丹东照得特别多，可能那里的确有值得纪念的地方吧。值得一提的是，在丹东和我住在一起的是老乡魏远峰，都是"烟枪"，两支烟一抽就"哥们儿"了。他比我阳光多了，比我更帅。这是广告。咱比百度有觉悟，是广告咱就说明，从不唬人。

片片看完了，剩下的就是我自己写的那些东西了。很遗憾，还是"太监"小说居多，多是一些想法，还没来得及写，或者说不想写。让人高兴的是，2008年，我终于重建了写作的方向感。至少我知道我以后要写什么，能写什么了。这个是秘密，具体的我就不说了。让诸位失望了，我是个犹如守口如瓶的旧式少女，秘密如贞操，是丢不得的。其实是弄个噱头逗你玩呢，也不算是秘密，早就解放了，俺思想不老土，还前卫呢，赞成婚前同居，还赞成试婚。其实就是写了一部长篇小说《战争回忆录》，自己觉得还像那么回事。到底像不像那么回事，我也牛气哄哄一下：让未来告诉历史吧。嘿嘿。

小说《勇士》被两家刊物转载了，还要拍成数字电影。有几个小说明年几个文学刊物要发。正在和一个长篇纪实文学死磕，磕完它以后，准备着手搞一个真正想写的小说，那应该是段很舒服很快乐的日子。同志们，我可以在这里泄密一下，这个要写的长篇小说名叫《第二十五日》（2010年1月由解放军文艺出版时改名为《往生》）。我已经模模糊糊地看到了她肤白腿美的诱人模样，应该会是一个有趣的小说。一个以码字为生的人要是对写作有了方向感，那感觉绝对是很幸福的。我就是这样一个幸福的人。当然了，生活中不如意的地方也很多，比如前几天从屋顶上过的水管被冻坏了，家里成了汪洋，从我家三楼一直祸害到了一楼。比如给老婆办入户手续，我以为户籍制度已经快完蛋了，谁知还卡得这么死，各类证明文件都近二十来份了，户籍警同志还要到我们单位调查呢。可能是怀疑我在造假吧。天啊，你快塌了吧，把我砸晕过去吧。我居然还没晕过去，还很温柔地让她来调查。心理素质在2008年也硬多了。套用一个网友的话说"像审查户籍一样地审查食品安全"，可能就不会有毒奶粉了吧。考虑到户籍警女同志声音甜美，必是一可爱小姐，所以就此打住，我要好好休息一下，明天容光焕发，给她留下一美好印象，让她不虚此行。

2008年还有一个小小的意外，差点闪了我的腰：我的文学创作三级职称没过。这是我第一次搞，是生手，不大熟悉情况，我甚至都不知道它是中级职称还是初级职称。管它呢。体制外的作家朋友别误会，这东西和你们没关系，我们吃饭要用它，所谓为稻粱谋也。其实我并不生气，一点都没有，因为我本就没把它当回事，只是出来打酱油的。

总结一下：文学创作靠个人实力，其他都是扯淡。革命尚未成功，同志仍需努力。所以，从明年开始，我要做一个高尚的人，一个纯粹的人，一个有道德的人，一个脱离了低级趣味的人，一个有益于人民的人。

最后要说的是，这个世界是荒诞的。

所以，我不喜欢阎连科刚刚出版的长篇小说《风雅颂》，但这并不妨碍我对这个老乡作家的敬意。因为在 2008 年，我看到了两本值得推荐的小说，一个就是阎连科的《丁庄梦》，一个是朋友黄孝阳《遗失在光阴之外》。一个是我的河南老乡，一个是我的朋友，都有点"我的朋友胡适之"的味道了，仅供你们喷饭，供我自个儿励志。

我办事，我放心

进入 2009 年，文章写得很少。不是我懒，而是因为我太勤劳了，一大堆事情像 1960 年饥饿的狗一样追着我，害得我连喘气的空儿都没有。

这样也好，勤劳虽然有害健康，但精神尚称强大，无有恐怖，远离颠倒梦想。

开心的事情很多。《青年博览》第一期转载了我去年发表在《解放军文艺》上的中篇小说《勇士》，那是一个缩编版，大概有五六千字吧。基本是用原文缩写的，故事大体还是说清了。我很理解，那是一个很薄的杂志。也很感谢那个推荐者，我不知道是他，还是编辑缩写的，至少他很用心地看完了这个小说，还下了一番工夫。然后就是三月份的《读者》《青年文摘》《知音文摘》也转载了。这个小说的数字电影剧本据说也写好了，希望它能拍得好看。

同时希望《青年文摘》《青年博览》诸众的编辑能看到这篇将要发在博客上的文章，主动联系一下把稿费寄来，不寄也没什么，我对钱本来就没什么概念，也不在意。相反，你们让这个作品有更多的人看到，我很感谢你们。

（他们果然看到博客了，寄来了稿费。根据小说改编的数字电影

《神勇投弹手》两年后在央视六频道播出。欢迎网搜。）

所以，我不能写坏东西。我所说的坏东西，就是不说真话的那种东西。

2009年第1期《西南军事文学》发表中篇小说《伤花怒放》。

（根据这篇小说改编的数字电影《战火中的伤情》一年后在央视播出，欢迎网搜。电视连续剧正在筹拍中。）

还有一个长篇小说，编辑很快送三审了，影视公司的一位老师也有意运作成电视连续剧。希望我们都能心想事成，做成我们想做的事情。

（这是指2010年由解放军文艺出版社出版的长篇小说《往生》。电视连续剧正在筹拍中。）

手上的这个纪实文学写得很顺，折腾了两三个月，终于进入状态了，一天一万余字的速度飞奔，势头正猛，像骑在奔驰的骏马上，千山万水一闪而过。本来有望月底拿出第一稿，但那个游戏脚本的任务不能再拖了，至少要花一周时间才能把它搞定。问题是：我对游戏根本就不懂。这个比写材料还要难。但我不能急躁，正视它，搞定它。这不但是个任务，而且应该尽可能做好的。

这个任务是两年前开始的，一直在写，现在是第五稿，还是第六稿，我都记不清了，昨天听人说，是第九稿了，吓了我一跳。当然，不是说天天写，是某一段时间突然放下其他事情，全力以赴。终于又完成了一稿，字数不多，但感觉很累，因为我天生不喜欢玩游戏。现在更不玩。N年以前，刚接触电脑时，通宵玩过WINDOWS的挖地雷，然后通宵玩过红警，无数个版本都玩过了。第三个游戏就是三国5吧，玩到最后，居然两三个小时都可以玩通关，没借助任何修改器。后来玩三国7，都想呕吐了。我一般是拿游戏来自虐的，自暴自弃时就玩三国7折磨自己。我讨厌所有的游戏。QQ菜园一直在种，不过说实话，我对它没任何热情，只是它花时间很短，一分左右的时间就可以结束。我为人人，有菜可以让人来摘，也算是一件开心的事，所以有一搭没一搭地种着。对游戏就这种热情，不呕吐就算好了。

让我来写游戏剧本，坦率地说，就是折磨。但这是工作。所有的工作，你都必须正视。因为你拿工资，干工作就是天经地义的事儿。昨天有人感慨地说，这个游戏搞下来，可能会有人疯掉。我说，那个人肯定不是我。因为我对工作一直抱有正确态度。不过，遗憾的心情一直如影随形，如果这是一个电视剧本或者电影剧本，同时也是不可推卸的工作的话，我会调整好，以十二万分的热情投入。因为我对它们虽然也不熟悉，但我有兴趣编好看的故事，我知道如何编故事。但我对这种第一人称3D游戏实在不了解，连3D电影都没看过，玩的红警及三国和它们也不是同一类型，心里没一点数。这很容易让人产生焦虑，不知道自己干的是件什么活儿。如果这个剧本写得不好，请原谅我，我已经尽可能地把自己能发挥出来的都发挥了。希望它能告一段落。我真的想写我的小说了。真想。

感谢佛教徒宝月居士，我从她那里学到了很多，我说不清那是什么，但我会慢慢地消化，慢慢地让它们沉入内心，让自己的内心更安静一些。

在2010年，我希望自己能有一个好心情。

1. 按既定方针写作。那就是继续写自己想写的那种小说，包括拿去发表的中短篇小说，还是按照自己的想法来，不能为了发表而背叛自己的内心。要知道，即使能发表，发表得再多，那也是别人的标准，不是你自己的东西，发的越多，离你自己越远，甚至让你找不到你自己的感觉了，只能跟着别人走了。别人是跟着谁走的呢？（留给读者思考）中短篇小说有想法就写，没想法就不写，哪怕一年写一个也无所谓。长篇小说当然也是这样。如果要写纪实文学，永远都要原创，永远都不要刻意夸张，写些让你自己都要恶心的内容。

2. 你永远都不是一个同谋者，不要用你的文字恶心你的读者。读者都不是傻瓜，他们从来都不甘心被人愚弄。但你不能以自己的固执要求别人，你要敬而远之，克制和他们交流的欲望，他们有自己的选择，那是自愿的，他们比你更清醒，老汪说得对，清醒的人永远不可能醒来。别以为能叫醒他们。

3. 你不需要那样的声名，给你也不拒绝，但你不能去刻意迎合争取，你甚至可以考虑不参加他们的游戏，沉默也是一种态度。你不可以让那个圈子里任何一个已经所谓成功的人所影响，你所追求的，你想要的和他们不一样。你时刻要牢记，无权利者的权利就是说真话。写作要注意中国国情，在中国国情下，说真话的写作就是最好的艺术。你要相信这一点。

4. 写作技术你当然也要努力。

5. 任何事情上都不要浮躁，写作上要有盯着一个句子反复看的耐心，要注意细节；生活上要心平气和，你不能突然爆发，也不能让别人突然爆发，要面带笑容；要养浩然之气，心勿狂乱，每天读一遍《心经》。

6. 孤独是件好事。

7. 每天晚上一定要在12点钟以前睡觉。

致敬 2010

明天是 2010 年最后一天。回首 2010 年,许多事和人都是浮云,但许多人和事都会留在我记忆中。我感谢 2010 年。这一年,许多人突如其来地撞入我的人生轨迹,和我的生活发生关联,我感谢他们。

首先感谢山东的朋友。这一年,我的中篇小说《伤花怒放》和长篇小说《往生》,山东的朋友要做电视连续剧。这一周,我很少上博客。一是因为我的上网费用出了点问题,说是欠费,尽管我的计时软件显示只用了 66 个小时,离 80 小时还有点距离,但它就是停了,并且客服说我欠费 12 元。我忙,懒得计较,交了 30 元(他们只能一次最少交 30 元),所以今天晚上又能上网了。二是山东的朋友张云霄来了,他拿出了《往生》的电视剧的故事大纲,因为故事发生在南京,所以我要陪他在南京转一转。这是一次愉快的经历,我们相互信任,都对那个故事充满感情。他增添了几个小说中没有的人物,特别是有两个日本人,说实话,他把人物塑造得如此之好,超过了我的想象。他把握得特别好,并且写得很到位。他有三个问题征求我意见,有一个人物是我小说中没有的,有两个是我写过的,但听他一讲,的确是有问题,我写小说时并没有意识到。对小说来说,的确没问题,但对电视剧来说,的确是需要补充点东西。这个,我需要好好想想。感谢2010年，我认识了这些山东的朋友。

感谢一些文学刊物和出版社的编辑。他们有些发表我的小说了，有些因为种种原因没有发表。有些可能因为我的言辞有不妥当的地方，也请你们原谅。我无意冒犯，也并非轻浮，但我老实说，我有时不谙世事，怎么想就是怎么说的。比如说，《往生》在还没有出版时就卖出了电视剧版权。我在第一时间把这个消息告诉您，并不是在炫耀，而是想让您对我的这个小说有点信心。但我知道，您因此对我产生了误解，觉得我是在炫耀。我没办法解释。我如果真的在脑袋里打个转儿，也许就不会告诉您了，但问题又来了，您如果从其他渠道听说了，会不会又有意见了？左右都是错。

您可能按照您所接触的人来理解我了，那可能错了。也可能我错了，但我仍然是一个谦虚谨慎的人。我是一个内向并且情感激烈的人，还很固执，有时不懂得妥协，如果有让你们不愉快的，请别放在心上。

无论发表或者不发表，我都会感谢我遇到的编辑们。我理想中的文学刊物还是上个世纪八十年代的刊物，我多么希望你们能慢慢成为那样的刊物，朝气蓬勃，有想法有冲劲。未来在看着我们这个时代，作家如果不能充当时代的见证者，那就不要当作家。赚钱的职业很多。我有一个朋友改行当编剧了，我非常赞成。那更赚钱。但要是当一个作家，那就睁开眼睛，见证你所处的这个时代。我并不是说要你写这些事件，而是说，不管写历史或者现实，你要写的小说必须说真话，文学就是让看不到的被看到。仅仅"为艺术而艺术"的朋友，我佩服你们，但我们不可能成为朋友；为取悦现实的家伙们，我连佩服的想法都没有。2010年是这样，以后一如既往。

感谢出版社的那个朋友，这是特指的，仅仅是写给那个朋友的。如果你能看到，请你接受我的感激。我的小说争议很大，这是意料中的，你的努力，我也是知道的。虽然有更好的机会可供选择，但我们最终还是合作得很好，这也是基于一种情感上的相互信任。小说封面我很满意，尽管在小说内容上，我做了一些并不情愿的妥协（有些我是认同的），但最终我还是没听你的，可能会给你带来一些不愉快，但我知道你付出了很大努力，请原谅我的固执。请相信我，我们都是为了做一本比较好一点的书。我为带给你的麻烦而感到抱歉。我相信我们的努力是值得的。亲爱的朋友，我真诚地感谢你，无论我们将来再合作与否，我们都会成为很好的朋友。期望和你见面。此时此刻，感情无比真实。我们如此熟悉，说起来，我们竟然没有见过面，人生是如此奇妙。很高兴认识你，期望有可能我们还合作。这也是感谢2010年的最重要的原因之一。

感谢我的领导，您的宽容和包容，让我更有力量写作。

感谢我的亲人，感谢我的母亲，您的一生历经苦难，您希望有一个幸福的晚年，我甚至知道您想和我生活在一起，但我真的无能为力，我只能在经济上做一些补偿。请您放心，我会永远爱您！

父亲，已经去世27年的父亲，我永远爱您！您虽然不识字，我小时候也不懂事，常惹您生气，但您从来没有打过我。我依稀记得，哥哥姐姐小学时只要考试不到一百分，就会被您训斥，甚至挨打。我不知道您是如何想的，但我亲眼看到，农村那么多孩子，很少能上到高中的，但您却一心一意把哥哥姐姐供养到上完高中。他们考上了大学，但您没有看到。我还记得，您只要到镇上去，总要给我买些小人书回来。那时我还没上学。我也是后来才知道，您曾经给邻居说过，这娃子喜欢看书，不管他将来干什么，只要他喜欢看，就给他买。您虽然连一张照片都没留下，但我记得您的模样！

感谢哥哥和姐姐，你们对我寄托无限期待，供养我上学，在家乡赡养母亲，你们的幸福就是我的幸福，你们的不幸就是我的不幸。我祝愿在将来的日子里，你们过上更幸福的日子。我们都白发苍苍的时候，我们在一起，仍然血浓于水！

妹妹，对不起，你小时候，我曾经那么凶恶地训斥过你，似乎谁都可以训斥你，没有人考虑过你的感受。对不起！

四姐，离我最近的四姐，也是我最陌生的亲人。你从小被抱养走，文化程度最低，也许你甚至都不会用电脑，不知道什么是互联网，但我仍要告诉你，你是我最亲的亲人！唯一让我心安的是，你们还是幸福的。四姐夫，他是和我一起长大的，我们是亲人，也是很好的朋友。多么想见到你们！

2010年，有很多理由留在我的记忆中。

我已开始

这个春天过得仓促而又诡异，身心俱轻而又泥巴缠身。去年时曾经遇到一位在现实与神秘的未知之间游走的老人，他让我把心打开。这似乎是我最大的缺陷了，他举例说，即使我笑的时候，也从来不发出声来。的确是这样，有位朋友在电话里学过我的笑声，我并不觉得难听，因为她的声音很美。所以，到现在我还是笑不出声来，尽管可能已经心花怒放。我有次在电话里放声笑了起来，她说，你还是像从前那样笑吧，还是从前的笑声好听。

有些作家是外向型的，有些是幽闭型的。我就是那种幽闭型的。我至今不知道如何与人打交道。所以，我的朋友很少，但我会对我的朋友赤诚相待，尽管我知道有些所谓的朋友并不会这样对待我。今年春天就遭遇了这样的事情，近乎二十年的友谊，突然露出它狰狞的面孔。我转身离开了它。我不悲伤，反而突然觉得一下子彻底放松了。我一直找不到离开的理由，现在终于放下了。也可能，我们之间本来就不存在所谓的友谊，是我的心骗了我。

还有一件事，是我自己种下的因，所以，我必须打起精神把结出的果吞下。我很高兴，心里毫无怨念。相反，他们可能是对的。用有个作家的话说，这件事，上帝绝对插手了。我要谨慎的是，我必须把自己想说的话吞下来，我是指对具体的人和事的看法。作家具有一语中的的本领，我没有，但我的确很容易把一个人看穿。也许根本就是错的，问题是，我不知道它是错的。所以，我要学会闭嘴，对谁都不说。

这个春天还是很美好的。感谢解放军文艺出版社的年轻编辑李正委，他负责任的态度，使我的长篇小说《往生》做得还不错，我亲眼看到了他为这本书做的一切，尽管我们还没有见过面，但他的辛苦和用心我会铭记在心。借着这个机会，我可以透露一下，这个小说正在做电视剧，然后会有电影。是一家实力强大的影视公司，也都是很实在的人，我们合作得很愉快。他们同时在做我的两个电视连续剧。两个故事大纲我都看了，我和他们一样充满期待。其中一个导演我们见过面，是一个可以做朋友的人。我一个高中同学，现在也在做导演，说，我的小说由这位导演来导，我是烧高香了。我没有这样的感觉，但我能感觉出来他是一个让人放心的人，无论是人品还是才华。还感谢长春电影制片厂的高润虹老师，一切都是从这里开始的，她不但喜欢我的小说，还无私地到处推介我。她如果有需要我的时候，我一定会竭力支持。唯愿我写出更好的小说来。

《往生》卖得不错，在当当网上架后，第一周上了社会类小说新书热卖榜第10名，周畅销榜第143名。也许他们觉得不妥，第二周放在了军事类小说中，在军事类小说周畅销榜排名第27名。在中国图书网社会类小说中销量排名一直稳定在第一百零三名至一百零九名之间。感谢朋友的喜欢，更感谢一些朋友写了书评。我并没有什么媒体关系，只能靠朋友自己安排了。你们是我珍贵的朋友，我会一生珍惜这为数不多的友谊。

中篇小说《亡灵的歌唱》入选小说选刊编、漓江出版社的2010年中篇小说年选和人民文学出版社的2010中篇小说年选。感谢那些老师。感谢原发刊物《西南军事文学》，感谢原发刊物编辑、革命战友王甜老师。

2010年，紧张而又忙碌，我感谢2010年，这一年让我认识那么多的老师和朋友，我也感谢我自己一直在努力做一个好人。因为，好人遇到的人，都是好人。我相信：你是一个什么样的人，你就会遇到什么样的人。所以，我对生活从来都不抱怨，一切皆是从你自己而来，源自你自己的内心。

现在，应该开始了。

我是一个惧怕冬天的人。南京是一个没有春天和秋天的城市。冬天我和青蛙一起冬眠，看书，看碟，人很勤奋又很懒，但这也是一个贮备的季节。现在，我已经做好准备，开始一路狂奔了。这是一个长篇小说。仍然是战争。我做过六年军史，有三年时间天天采访战争亲历者，这是我一生的写作资源。喜欢我小说的朋友，我向你们保证，你们看到的战争不是《红日》里的，不是《亮剑》里的，不是《星火燎原》里的，不是将军回忆录里的，而是那些无法表达的普通士兵亲口给我讲述的，他们不在乎胜利，他们只在乎死去的战友，在乎他们在战争里流下的血和泪。无数次面对面地和他们坐在一起，风从他们头顶拂过，我听到了那些掠过战场僵硬的尸体和腐烂的骨头的风发出的呜呜声。

我的笔记里有句话：为什么我的战友，却必须死得像路旁的一条野狗？

这句话的前面是阅读龙应台女士的《大江大海1949》时写的笔记。我不知道这句话是那本书里的，还是我有感而发的。突如其来，那些满身尘土、眼睛清澈、慢慢变老的士兵们清晰地出现在我面前，我要写的，就是其中一个，还有无数个，都在等着我。至少这两年的时光，我将和他们呆在一起。

我知道你今年干了啥

我完成了很多事。还算努力。

2011年能够让人满意，主要原因：一是我果断删掉了那个FLASH小游戏《战场1917》，不再迷恋它了。二是拒绝了一些不必要的人和事，那些我在内心里并不喜欢的人，我没再浪费时间与他们周旋。我知道他们是谁。这是一个重要的收获。三是我躲开了身边一些无趣的人，他们的事情和我没关系，上帝的归上帝，恺撒的归恺撒，我和第三者站在一起。四是善意待人，不介入不传话不吭声，没有想法。所以，今年身边干扰很少，写作非常顺利，心情也一直不错。

1月份在解放军文艺出版社出版了长篇小说《往生》，那本来就是前年和去年写的。前不久参加江苏作协读书班，有同学要书，我满口答应。回来一看，傻眼了，找了半天，只有两本书了。当当网、京东网缺货。

感谢责任编辑李正委朋友。我知道这部小说争议挺多，但我相信我们的努力是值得的。有争议不可怕，可怕的是没有争议。亲爱的朋友，我真诚地感谢你，无论我们将来再合作与否，我们都会成为很好的朋友。非常高兴我们今年终于见面了，和预想中的一样，我们都是很真诚的人。我很珍惜我们的友谊。如果我有地方做得不好，请你多多原谅，我们都是为了做一部好书出来，这是我们的目标。很高兴，我们完成了我们预定的目标。

发表的作品不多，在《长江文艺》发表中篇小说《弥留之际的觉醒》，在《西南军事文学》发表中篇小说《英雄》（缩写版《青年博览》转载），在《解放军文艺》和《西部》各发表一篇短篇小说。就这么多。在一个论坛上看到有网友贴了我一个小说，另有网友说，很少看到他再发表小说了。是的，我发表的不多，中短篇小说写得也不是很好。事实上，以后除非有特别想写的，我一般不会再写中短篇小说了，只会在写长篇时，如果有合适的，从长篇中抽出一两个中短篇来。中短篇小说写得我再写长篇时一点感觉也没有了。中短篇小说数量不多，我尽量保证质量。我一直都更喜欢长篇，内心的想法滔滔不绝，无论是写作，还是阅读，长篇都是一个很让人过瘾的东西。

根据中篇小说《勇士》改编的数字电影《神勇投弹手》在10月份拍摄完成，估计明年会播出。但有一点你们要知道，我小说里写的是国军的勇士。

向英勇抗战的国军将士致敬！

获了几个奖。中篇小说《亡灵的歌唱》获《小说选刊》年度大奖、江苏第四届紫金山文学奖，短篇小说《高人之死考》获《作品》杂志第十届"作品"奖二等奖，长篇小说《往生》获江苏"纪念中国共产党建党90周年和辛亥革命100周年重点题材文学作品"三等奖。

这一年，接触到不少从前没有接触过的这个圈子里的人，他们对文学的真诚令我感到温暖。

当然，也有一些人，看一眼，就赶紧远远地离开。

去年和今年还出个公差，就是做中国第一款军事游戏《光荣使命》的编剧。最后实际上是个集体创作，但时间耗进去不少。我说过，我写东西时最怕被打断，本来正在写一个长篇小说，再有五六万字就结束了。但这个任务来了，小说完全停下来了。老实说，包括这个，小说排着队等我去写呢。都是战争小说。我做过六年军史，老战士的口述战争。这个，写不完。我还得不停地提醒自己：慢点，写慢点。

重读了两遍《百年孤独》。看了其他一些外国小说。阅读了一些朋友的小说。他们从正面或者反面提醒我，长篇小说不但是一项波澜壮阔、泥沙俱下的大工程，同时也是一门精细的艺术活。内心的广阔与洞见，写作技术的精细与严格，两者如影随形，同样重要。

去年底时，乐清发生的钱云会事件还历历在目，那时我就想，无论是谋杀，还是普通事故，后果都很可怕。我希望我们美丽的祖国能够继续美丽下去。理想越来越像浮云了。但希望并不曾消失，今年比去年更加高歌猛进。希望它们让开，让我们的理想软着陆。

《战争回忆录》我还不想出版，它是一个炸弹，我不知道它会炸到谁。好在这一年我变得更坚强了，炸到我倒不怕，就怕殃及无辜。

我喜欢上了制作纸质炸弹的手艺活，一定要保持下去。别再像2006年，一变乖，再也坏不回去了。《战争杂碎》多好玩啊。出版没有？哦，还在我手里捂着。我爱它。

2012世界如果不灭，我准备利用两至三年的时间写出一部关于战争的三部曲，献给这个暂时不灭的世界和注定死亡的现实，以及，浴火重生的历史。好像有人说过，谁掌握了现在，谁就掌握了历史。我是不是也可以说，谁掌握了未来，谁就掌握了现在？对于未来来说，我们是在历史中写作。朋友们，请为未来写作吧。让未来照亮现在。

生命不息，写作不止。

还有一件事。

在一次笔会上，某老师让我们自由发言。我虽然没有经历过那种"引蛇出洞"，但没见过猪跑，难道还没吃过猪肉吗？所以，我对所谓的自由一向都不轻信，不发言。某老师就点名让俺自由。我就做自由状，不跟他们表态说自己如何热爱文学啥的，那就是废话嘛。我们常说爱，那是因为我们害怕失去，所以要和对方一起坚定这样的爱，对待文学是同样的道理，动不动就说爱，那也是信心不足的表现，需要对方付出同等的爱平等对待你的爱。我想，文学比女人更难追求。你只能无条件地付出你的爱，还不能装。这是你一个人的事情，应该刻在你的骨头里，别对外说。且说，我做自由状，对某老师说，在文学国情下，写作是需要自我审查的。当然，我说这话时，文雅多了。某老师对俺很不悦，热爱那些热爱的人们去了。

我觉得这算是一个常识了，文学一直在做世外桃源状，谁知还是和现实一样，常识在这里仍然碰壁。

我喜欢科幻片，感觉自己就像混在人群里的外星人。

我仍然是坚持常识写作的。比如这个长篇，我就自我审查了。自我审查不是为了能顺利出版，而是为了写好。我要写一部和我的价值观、世界观相符的东西来，我不能像别人那样，一肚子牢骚，比我激烈多了，结果让他自由了，他却热爱去了。滑头啊滑头。作家要么特别滑头，滑到一定程度就像刘震云一样成油滑了，还有一种特别固执，我写写写，爱谁谁。其实像刘震云这样滑头的也很有趣，最见不得的是，表面装得很认真很一往情深，转身就对别人说："我又把一个大傻×弄哭了。"这种人就应该让周润发去收拾他。

感谢一位刊物主编给我说的话：若没思考，写一辈子都没出息。西方发展两千多年的叙事文学哺育中国小说百余年（从1980年代算起，其实也就三十余年），中国作家在技术上不如西方作家的作品，就中短篇小说而言，我是绝对不相信的。长篇小说存疑。不过，就是有差距，我也不觉得差得有多远。技术不成问题，作家最大的问题在价值观、世界观上。这两观绝对出了问题。这是整个社会的问题，作家应该清楚，不过，我见过的很多作家都在装"小清新"，装作啥也没看见，就看见了"艺术"。艺术其实是超人穿的红裤头和身上披的很拉风的斗篷，有本事飞起来那行头才好看。没有真功夫，那只能站在地上摆超人POSE了。

　　我写长篇不大喜欢被杂事干扰，动手之前，必先确定一下，至少在接着到来的一个月里没有什么杂事。一旦被打断，那种神秘的气场就很难接续起来。为了写作《往生》，曾经放弃了一次到北京学习的机会。但这个小说，完成近二十万字，业已建立的气场如此强大，我在北京开会，居然还在两个晚上写了近一万字（还是在参加必要的会议活动后），并且灵感滔滔而来，有许多奇思妙想，甚至会从根本上改变这个小说的腔调。这么说吧，叙述视角将变得繁复异常，只有看到最后，你才会明白真正的叙述者是谁，并且，所有的叙述者都是死者。是的，我看过《佩德罗·巴拉莫》。这不是什么新鲜花招了。我的确一直也没想到它，但小说进行到二十万字左右的时候，自然而然地所有的人都得死。

　　好了，我准备继续写啦。

看上去很悠闲

这不是别人的印象，别人看我，总是匆匆忙忙，是干事的主儿。2012年终总结时，单位领导小小地表扬了我一下，说我很忙，事情多，还忙得从容不迫，犹似闲庭信步，啥都好。

但我自己觉得我很悠闲。

我觉得我今年确实有点像吃饱饭撑的，好像我没事干似的给自己找了不少事。能抬上桌面说的是，做了一个个人主页：毒小说 http://du025.svfree.net。把一个快死去十多年的邮件列表也弄出来了。那时似乎人们愿意订阅邮件列表，现在好像不流行这个了。不管它，我自己也需要把一些资料备份一下。个人主页也是十多年前流行的玩意儿，我现在还来玩，有点不成熟。很有成就感的是，在主页中做了一个电影专题：http://du025.svfree.net/other/movie/。其实就是用代码把别的电影网站集结起来，这没什么，最好玩的是经过细致复杂的工作，把一个电影搜索引擎的代码抽丝剥茧地弄出来了，放在"电影专题"网页的底部，这个搜索引擎还是比较靠谱的。另外四个电影搜索引擎也不错，但我没本事把它的代码弄出来，只好直接把它整合起来了。有了这几个电影搜索引擎，基本可以想找啥电影找啥电影了。虽然这也是件有趣的事儿，但确实有点不务正业。众所周知，我的正业就是读小说写小说。

今年读了阎连科的《发现小说》《四书》。实在想读的朋友，可以到淘宝上搜。年初我在上面搜到过，现在应该还有吧，就是价钱贵了些。值得。另外在淘宝上买了哈金的《战废品》，还没顾得上看。对了，还看了刘震云的《一句顶一万句》。刘震云也是我喜欢的一个作家。N年前看他的小说多了，一下笔自己的小说也变得油腔滑调了。后来就不敢看了。改看阎连科了。看阎连科多了，我的写作就也变得庄重多了。不管咋样，咱的底色不会变。就像咱这个人。上半年还到鲁迅文学院学习了四个月，同学都是作家，看了他们的一些小说。我喜欢他们的诗歌和散文，小说喜欢的不多。更多的是我喜欢他们的人，才喜欢上了他们的小说，比如陈漠和朱山坡。他们写得都非常不错。你们要多写一些哈。其他的都是朋友的作品，如卢一萍的小说、杨献平的散文、老汪的小说和随笔，都非常不错。对了，还有一个叫土家野夫的，他的作品有一种逼人的气场，摄人魂魄。说个感觉吧，如果我见了阎连科，我有把握可以顺畅交流，向他表达敬意。但见了土家野夫，估计无话可说。他的作品散发出来的气场太强悍了，面对面了也只能敬而远之。这个词百分百是褒义词。我就推荐这么多吧。个人趣味。

虽然上半年学习了四个月，但今年还是写得不少。写了一个Word统计25万余字的长篇《战争·我是英雄》。之所以中间要加一个"·"，是因为还有一部《战争·××》，再有一部《战争·××》。明年一起完成。悄悄地说，我就想写几部我不打算发表或者出版的小说啦。用阎连科的话来说，都到了这个年纪了，我又不准备当作协主席，该写些自己想写的东西了。这真是他说的，我昨晚在央视一套看了一个他的访谈。他能上央视了，这是一个好兆头。但俺也不抱幻想。该咋写咋写。把关是××的事。各忙各的，各得其所。

发表的作品不多，可以列举如下：短篇小说《兔子》（《西部》第 2 期）；中篇小说《李雷和韩梅梅》（《山花》B 刊第 2 期）；短篇小说《鲜花鞭炮》（《山花》B 刊第 2 期）；短篇小说《麦城叛》（《西南军事文学》第 4 期、《长江文艺选刊·好小说》试刊 2 期转载）；散文《一个士兵》（《山花》B 刊第 7 期）；纪实文学《姐妹长谈》（《解放军文艺》2012 年第 11 期）。另有去年发表的一个短篇小说《去年的一次武装越野》获了个《解放军文艺》年度优秀作品奖。还有一个去年发表在《西南军事文学》上的中篇小说《英雄》的缩写版被《民间故事选刊》转载了。这个刊物转载过我两个小说一个纪实文学，都没给我稿费。主要也是我懒，没去问。对了，根据《勇士》改编的电视电影《神勇投弹手》播出来了。感兴趣的朋友可以网搜着看。不要用我个人主页上的电影搜索引擎，那里只能搜大片，像这种小片，还是用百度最好。作为一个娱乐片，用来打发时间还是可以的。

另有消息灵通人士说，根据我的中篇小说《伤花怒放》改编的三十集电视连续剧《怒放》春节后开拍——如果不拍，他们就得续签版权合同了。所以，拍与不拍，对我来说，都不错。还是祝福他们拍吧。

看上去我很闲的另一个表现是，我在豆瓣弄了个小说集"战争动物"。算是一个专题小说集，以短篇为主。这些小说大部分发了，少部分没发。（此处开始插叙）我的老家在 1948 年夏天，曾经发生过一场规模不大不小的战斗，我查过了，是中野二纵对垒南阳王凌云的一个团。村子四五里外，有密密麻麻上百个坟头。村里老人说，一个坟里埋了一堆人。有时夜里经过那里，头皮发麻，得放声高歌狂奔而去。看到村庄的灯光，再回头看看一地的黑乎乎的坟头，会感到又兴奋又刺激。我也讲了一个故事。但我愿意把谜底说出来：写小说就像过坟地，有刺激才会兴奋。这是真的。很多写作的朋友就常在微博上问,写作到底有何意义?那是因为没有刺激了。我写中短篇小说就不积极了,除非编辑约稿才会写。不约稿,我还真不想写。而写长篇就不一样了,该咋写就咋写,很刺激。"战争动物"系列也是比较刺激的自觉写作,我会继续写下去。没人找俺出集子,俺就在豆瓣上弄了个集子。很喜欢它。以后我可能就朝着这个方向走啦。

写作史

不搞点阴谋诡计，心里就不好受

今天万里无云，天气特别好。我高高兴兴地开始写小说了。有几个长篇要写。有个都写二十来万字了，感觉不对，扔在那里了。有一个写了两万余字，还能接上去。还有两个，基本准备好了。都能下手。但到底朝哪个下手，确实犹豫不决。犹豫不决的结果就是，哪个都没写。前几天痛下决心，准备写一个战争传奇。这主要源于先写了一个一万八千字的小说，是还稿债的。两姐妹一起当兵，经历了三年战争后，都以为对方已经牺牲，在八十年代初重逢的故事。事情是真事，做军史时采访来的。一万八千字读着还行。再读，像一个长篇（小说、影视）的大纲了，许多地方都可以展开。写，还是不写，更犹豫。因为我心里很清楚，就是把它当作长篇写出来了，充其量也就是一个战争传奇故事。我可以肯定地说，转化成影视也很容易，可以卖些钱。如果我来当编剧，钱还会多些。但钱这东西，对我又没有多大的吸引力。我考虑更多的是，我为什么要写它？它是一个美好的故事，但注定没有多少艺术与历史价值，只能按照既定的战争观、历史观去写。但真要写了，才知道有多难。就是讲一个好看的故事，有爱情，有英雄，有传奇，有悲欢离合，就是没有自己的战争观、历史观，可能连文学都不沾边。写了N个开头，皆觉别扭。故事可以洋洋洒洒，但写这样一个小说，到底有何意义？困扰不解除，写作就是不自由的，也是不愉快的。有些开头已经近万字了，最终还是放弃。再次感觉到，讲故事并不是难事，而是如何把故事讲好，如何讲得让自己都不禁佩服自己，而不是连自己都看不起自己。文学就是自由。能够自由表达，这才是写作的乐趣所在。被写作奴役，不是一件好玩的事情。何况对我这个内心充满自由主义的人来说，别人奴役不了，让写作来奴役我，更不行。

尽管写废了好几个开头，但写作有时就是这样，写着写着，那种感觉自己就找上门来了。上午的某个时刻，突然就石破天惊了，找到如何讲述这个故事的方法了。两姐妹的故事照常讲，但讲述故事的人不是我，而是一个和妹妹同名的女人。她讲述战争中的两姐妹。我讲述这个女人的故事。讲述她在这个时代的生活。她是如何屈辱地长大，如何被现实一步步逼上绝路的。简单地说，这是一个赋格曲的结构，多重声部纷呈鸣响。这会让这个本来没意思的小说变得有意思起来。两姐妹真诚地怀着理想参加战争，她们曾经在连山山区战斗过，而几十年后，一个和妹妹同名的连山山区的姑娘却不得不屈辱地长大，屈辱地死去。两姐妹在战争年代的美好愿望和现实的不堪形成一种奇妙的呼应。我们得到的和我们最初追求的往往是相反的。这和我的价值观就接上头了。

通过这件事，我更加确信，我不是写那种老老实实的现实主义小说的料。哪怕我是讲一个现实主义的故事，也得通过非现实主义的手段才能讲好。如果不在小说中搞点阴谋诡计，我心里就不好受。我写过一些短篇小说，除了个别的是老老实实写的，多数我都想把它写得不老实。特别是讲故事的方式。那种比较老实的小说，老实说，我都写得很累，像驾驶一台推土机，努力地使劲地往前拱，搞得一身泥巴还爬得像蜗牛。而写那种不老实的小说，浑身是劲，蹦着跳着，日走千山万水，要些花招，弄点小聪明，确实有一种智力上的优越感。写作有时就是一种智力游戏。内容搞扎实了，在结构上、形式上搞些阴谋诡计的小说，我特别喜欢。我也特别喜欢那些聪明的家伙，最好比我更聪明。这时，聆听就是一种享受。写小说也是一种享受。特别是找到了一种对胃口的表达方式。就像你找对了人，说起话来滔滔不绝。用刘震云的《一句顶一万句》里的话来说，就是能说上话。小说也是一种声音，一种表达方式，只不过是作者的喃喃自语。喃喃自语也是一种说话。

貌似开始了。虽然貌似是种小聪明，但还是——"嘻唰唰"地开始了。

芝麻开门

终于敲出了566字，这是一个不错的开始。开始之前，充满犹豫、怀疑，以及机会主义者的权衡：是当一个旁观者，还是跟随众人埋头奔跑？其实这一点对我来说并不是太大的问题，它是片刻的软弱，我仍将埋头在众人的身影之后，做一个安静的旁观者。它只不过需要更多重复和强调。我的那些秘密的"德米安"们，感谢你们，你们的书时时刻刻地引导着我，督促着我。我如此地心虚与软弱：我的作品并不配向你们致敬，由此我羞于提及你们的名字。当一切尘埃落定，我会把你们的名字放在阳光之下，刻下它，让世人看到它。你们的名字过早地出现，会被风吹走。

这不是一部或者两部三部四部作品，这也不是小说，这是一个心愿。我曾经多么幼稚，我相信我小时候看到的连环画，相信我读到的小说相信我看到的回忆录相信我看到的每行字，我相信一切。我所有的软弱，并非因为勇气不足或者思想贫乏，并不深刻，但我自信比更多的作家更尊重常识。作家在这个时代是非常容易建功立业的：只要接受常识，他就是一个值得尊敬的作家。标准如此之低，事实却更加不堪面对。我的问题在于：我对我的怀疑来源于写作本身，我觉得我还并不具备呈现出一直在准备的这个小说的能力。我多次试图触摸它，但总是缩回犹豫的手。它如影随形跟随了我十一年(那一年，我开始接触数百名战争的亲历者，他们中许多人已经去世。这是冥冥之中的缘分，你们注定要在我的小说中复活，向世人讲述你们所经历的另一种"一切")，我曾经用纪实文学(《冷的冬，热的雪》《1949解放》)，中短篇小说(《雪地上的蚂蚁》《苍蝇》《蝴蝶翩翩》)，未出版的长篇小说《战争回忆录》《K星战争》来接近它，但都与我的期待相当遥远。

我不想再等待了，小说是有生命的，它和人一样，跌跌撞撞就长大成人了。它要经过摔打、挫折和失败才能结实地成长起来。

我最为悲哀的是，我最喜欢的荒诞与黑色幽默，已经离我越来越远了。这部小说不可能有这些精神了。荒诞的文学精神最适合我。我必须与深深地藏匿在我骨子里的机会主义做毫不留情的斗争。必须再次重申：阎连科的小说是我可以公开的引路人。我不希望他成为莫言。我尊敬莫言，但我对他小说中流露出来的过于聪明的中国文人的笔墨、趣味不能苟同。还有，我不喜欢练习毛笔字的作家。那是中国的传统文化，我不是说传统文化不好，但它身上附有"邪恶的幽灵"，一旦附体，一个现代意义的作家就不复存在，而成了一个过于世故和聪明的作家。我不是评论家，没有理论武器，我厌恶论战，请别让我展开论述，我没有这样的能力，只是我的一个直觉而已。

回到我要写的这个小说，也许一年，也许两年，也许三年，我尽量不超过四年。也许它是成功的，也许是失败的。这无所谓。如果失败，就当是一次练笔吧。关键是，它要被写出来。

写作任务

1.长篇小说进行到二十万字左右,再有五六万字左右可以结尾。但那个一点意思都没有的文字公差来了。可叹的是,因为当初布置任务时,我在参加江苏作协的读书班,亲爱的同事们把容易做的题目挑走了,留下的是最难啃的,一个专题要认真写,至少一个月,要更认真,至少得半年。如果是同事不在,让我来挑选,我肯定也会挑容易的来做。没有到刎颈之交的地步,自然不会替他人着想。可叹这样的朋友身边尚没有。有的只是我看青山多完蛋,料青山看我应如是。一报还一报,很公平。只是突然觉得有点孤独。

2.上面说了,那些专题,如果要认真地写,一个至少也得做一个月。但公差只给半个月左右的时间,让我搞两个专题(尚有若干,明年三月份搞)。他们不认真,怎么能要求我认真呢?拖到今天,看看快要交稿,从上午十点奋战到下午三点,两个专题搞定,共一万七千字。需要说明的是,我不是有不可思议的神力相助,而是因为这两个专题我都写过报告文学,弄来扒皮抽筋地改造一番而已。一直告诫自己不能太认真,不能写得太好,写得太好,以后还会有类似的事情找上门来。但就像有次听毕飞宇讲课时说的,写到我们这种程度,想把小说写坏还真不容易。搞这个文字公差,有类似感觉。但能把公差搞完，心情很爽。

3. 长篇小说是彻底停下来了，但短篇小说来了。完成了一个还不错的短篇《鲜花鞭炮》。前几天还说，以后不会刻意去写中短篇了，声音还没消散，就又搞了这么一篇。几天前的一个晚上，做了一个很文学青年的梦，那梦像一个小说。我清晰地记得，我一边做梦，一边在梦里赞叹，这真像一个小说啊，我一定要把它写成小说。醒来时还是这样想的，当时觉得很清晰，第二天早上再记下来不成问题。结果早上起床，忘得一干二净，连一点点影子都没有。第二天晚上，在那个时间又做了一个梦，也像小说。醒来以后，立马摸到手机，用二三十个字把要点记下。早上起来看了手机，那个梦一下子复活了。就是这个小说。

4. 这样的写作是很快活的。我觉得写短篇小说是相当地高兴，很容易沉迷。它对时间要求不高，快则两三天就能完成。如果有杂事干扰，过段时间再温习一下已经写过的，接上来也不是很难。不像长篇，正高兴时，突然有杂事或者庸人来扰，情绪一下子被破坏，非常想暴打领导一顿。对，我说的庸人就是领导，除了领导，还能有谁这么讨厌？比如说，我正在为长篇小说高兴时，非要把我和几个同事扯上搞什么狗屁的什么脚本。我对这事是有意见的。他们太看得起作家了。实际上作家根本不是万金油，不是啥事都能干的，比如说，现在傻子都能当官，还敢到处题字，但作家未必能当官，当也当不好。

5. 我在2007年以前，是不写短篇小说的。从喜欢看小说开始，就喜欢看长篇小说，中篇次之，其实中篇也看得很少。很多文章说，写好一个短篇小说并不比写一部长篇小说来得轻松，并且说艺术怎么怎么地高级，不亚于长篇小说云云。总而言之，短篇小说也是很牛的。但木办法，萝卜白菜各有所爱。亨伯特他就是喜欢小萝莉呀。我只是觉得长篇像雄浑的大海，平静的海面下面内容丰富。短篇小说像个小溪，我一望就看到河水之下的鹅卵石了。我小时候的那个村庄，三面环水，是那种一望无际的水库。看着大水长大的，怎么可能会喜欢小溪呢？阅读经验的累积必然会带来写作的偏好。我对短篇小说不大懂，比喻可能不当。请恕罪。作为一个工艺品，我喜欢博尔赫斯的短篇小说，还有卡尔维诺的《宇宙奇趣》。

6. 感谢三个刊物：《西南军事文学》《西部》和《小说选刊》。前两者是原创类文学刊物。以事实说话：我发表在《西南军事文学》上的小说《伤花怒放》，改编成数字电影已经播出，目前正在做电视连续剧。《亡灵的歌唱》在《西南军事文学》发表后，两家刊物转载，今年又得了《小说选刊》年度大奖和"紫金山文学奖"，入选三个年度中篇小说选本。我并不是在夸耀，而是在告诉大家一个简单的事实：文学刊物虽然地处偏僻，但并不影响它的传播力与影响力。他们的编辑团队值得信任。通过它们，我已经意识到了：我不必盯着所谓的大刊名刊写作，我甚至可以无视它们的存在。只要我写得够好，自然会有人注意到。如果我写得不好，上了所谓的大刊名刊又有什么意义？发表即死亡。这使我的写作从容不迫，远离浮躁。这样的觉悟，足以使我受惠终生。

如果有文学同道想订阅文学刊物，以个人的名义，推荐这三个刊物。

打满马赛克的《山楂树之恋》

如果说张艺谋的电影还有票房的话，有一部分是观看了张氏许多烂片之后，想继续领教一下烂片下限的同志贡献的。《山楂树之恋》和《三枪》一样不会让你失望，再创张氏烂片的新高峰。

这是一部打满了马赛克的爱情片，说的是特殊年代的爱情(用王小波同志的话说，就是革命时代的爱情)，但从头看到尾，没看出一点这个时代有什么特殊，"时代"或者说是革命都被马赛克了，所以只有"爱情"，"爱情"还是装出来的。

曾经有一个古老的传说，"文革"是不能碰的。就像索尔仁尼琴说的："我们有幸活到这样的时代，尽管美德没有取胜，但也不总是被狗追着咬了。挨过揍的、身体虚弱的美德，现在被允许穿着自己的褴褛衣衫走进屋里，在角落里坐下，只是别吱声。"如果你吱声了呢？"四面八方就会向他发出责备的、起初还是友好的声音，'您怎么啦，同志！怎么还去触动旧伤痕？！'……随后棍子就上来了：'嘿，没有整够的！给你们恢复名誉过头了！'"(索尔仁尼琴《古拉格群岛》)。正如硬币有两面，任何事情都有另一面，"文革"虽然不能碰，但如果你去抚摸，还是可以的。但抚摸，也只能隔着衣服，还得划出一块地盘，在规定的地方抚摸。有点像这个电影中静秋和老三的那场"素觉"。老三想摸,从头摸到疑似肚脐以下了,手被静秋抓着了(这个挺前卫的嘛,不要说是那个特殊年代了,就是现在小年青谈恋爱,第一次也不可能那么容易让你得手)。事实上,静秋的确是在欲迎还拒,问题是,静秋放开手了,老三却不干了,也赶紧把手拿出来了。这哪里是拍静秋和老三的爱情啊,这分明是张艺谋的心路历程,是张氏的自传。

好好表现一般都要装的,因为要装正经,所以假得破绽百出(原著作者据说看了四遍张氏的电影,找出电影中不合逻辑、常理之处达百处之多,咱没这耐心),颠倒黑白之处处处皆是,如,父母是右派,静秋是可以教育好的子女,别人上山下乡了,静秋居然还可以留校。校革委会主任,那个善良啊,比现在的校长书记好多了。还有,一帮善良的五大三粗的爷们干活,却让还没长开疑似未成年少女静秋拉板车,老三问,为什么让你拉这么重的车,你干不了这么重的活。他这样说着,却在后面推车都不替静秋拉,这哥们儿是真爱静秋吗?静秋穿泳衣外面套衬衫的桥段被许多人盛赞真他妈的纯,但却没有看到随后穿着泳衣男光背女露腿地坐在一起聊天,开放程度直逼这个时代,这个时代小城镇的小伙和姑娘也未必敢如此大胆。在充满禁忌的革命时代,人心能如此开放,真令人羡慕。模仿外星人ET坐在自行车前面那一段,神采飞扬自由奔放,在大街上嗷嗷叫,哪里有半点"偷偷摸摸"的样子?革命时期成了浪漫时期。老三明明给静秋送过山楂果(山楂树一直没有开花,老三送的果子却鲜艳闪亮,反季节水果啊),静秋后来见到盆子上山楂果的图画还傻乎乎地问,这就是山楂树结的果子吧?装傻。两人睡在一间屋里,静秋叫着老三上床时说,在路上想好了,你做什么我都答应。当老三的手从她的头发摸到肚脐以下时,她抓着了他的手,但随即又放开了,分明做好了所有的准备。而在后来,这个静秋居然不知道什么叫怀孕,不知道男女之间的那点事,顷刻成了弱智。

都在装，老三在装着很爱她（看着她拉那么重的板车，都没想起替她拉，如果真爱一个女孩子，我就不信他会如此大意），她在装着毫无心机，傻大姐。其实不是他们在装，是张艺谋在装。

最大的马脚在于，同样是"文革"时的医院，《活着》里的医院荒诞残忍，《山楂树之恋》里的医院人性温暖。同样都是张艺谋，反差如此之大，让我们再次见识了革命对人的改造。

原著洋溢着气场巨大的假正经，正好和我们时代的精气神契合，正好和张艺谋的精气神吻合，张艺谋不来拍这个片子，简直没有天理。

老张现在混得甚至不如老冯了，冯小刚不管怎么说，还念念不忘把刘震云的《温故一九四二》搬上银幕，五六年前听他说过，今年又听他说过，就那么一会儿，觉得这家伙还挺可爱，至少心里还在想着事，还想干点像样的事儿。

2012年岁末，《温故一九四二》终于拍出来了。祝贺老冯。

回到开始。老三要拉着静秋过河，静秋不拉老三同志的手还情有可原，但老三找了根棍子递过去时，静秋还往后退着不要，那就不叫纯了，那就是装了。当然，不是周冬雨在装，是张艺谋在装。

老爷们装小清新，让人起了一身鸡皮疙瘩。

另，《山楂树之恋》中的歌舞"天大地大不如党的恩情大"，我觉得这是电影中最时尚、最前卫的一个桥段，但它和电影本身是两张皮，和电影所要表现的纯爱什么的没有关系，和故事发展也没有什么关系，纯属多余。可能张老想，没有时代特征，唱首歌时代一下吧。于是就硬放进去这么一段，纯属多余。

秘　密

某来闲聊，说起军中一评论家，某愤愤然，谓评论家总是打击裴指海的写作，以挑剌为主。而对同龄另一军事小说作家赞赏有加，谓之旗帜。裴并不响应，而是告诉他一个秘密：评论家说到裴的小说时，不管有意还是无意，总是和世界文学作对比，裴小说的所有毛病，都是因此而来。而对别人，则是把坐标放在红色文学谱系中。裴赞同评论家并在内心引为知己。

我和这位评论家关系一直处于"君子之交淡如水"的状态中，我们见面的机会不少，虽然不会勾肩搭背称兄道弟，甚至从来都不提那些评论文字，但我们目光澄明。我相信，他是知道我对他的评论文字毫无怨言，甚至知道我在内心里把他引为知己。我一直都很佩服这位老师，事实上，他对我帮助很大，在文学创作上，是扶我上战马的人。我所写下的小说，有些的确是"红色小说"，这些小说不值一提，这位亦师亦友的评论家的确从未提过这些小说。而我的另一些小说，"红色小说"的确无法下口，我很感谢老师把它放在世界文学的背景下来考察。这的确是我的秘密野心所在。写到这里，正好看到中国作协的《作家通讯》，上面有王甜老师的一篇文章《写本让自己热爱的书》，她说：写作者是一个矛盾的聚合物，他心里为

"伟大的小说"勾勒出宏伟蓝图,但他的写作却可能距离伟大的小说还隔着千山万水——所谓"眼高手低"。但不管"手"有多低,"眼"却一定要高。我也是一个这样的写作者。阎连科也表达过类似看法,他同样是我敬佩的一位作家。在这个过程中,评论家放下路标,作出提示,哪怕他的路标所指示的方向是错误的,但你不能不感谢他,他认真地观察你是如何走路,并且要往哪里去。

  我当然珍惜这位评论家的批评。尽管我从来都是走自己的路,让别人去说吧。

看了《盲山》

看电影《盲山》时几次都禁不住落泪了。

十年前,我们村的一个女孩子也曾被拐卖到安徽一个山村,是一个寒假回家过年的大学生替她把求救信寄走的。她父亲是小学校长,还有一些人脉资源,他出钱,公安局出人,带着一整套的逮捕证、通缉令——以她在家乡因夫妻不和杀了丈夫潜逃、抓捕杀人犯的名义展开解救行动。相信公安部门的专业技术不会穿帮,当地公安非常支持,到那个小村,把她戴上手铐救出来的——荒诞之处在于,伤害和侮辱她的人不戴手铐,戴手铐的却是她。

《盲山》的演员都很出色,最触动我的是德贵的父亲和母亲,典型的中国农民的面孔,在文学作品中,他们本来是善良朴实的经典形象——这是知识分子的想象。但正如成都的王怡所说的:这个社会中最弱势的一群被凌辱者,在他可以凌辱的人面前,是禽兽。他还说:在最底层、最受压迫的大地深处,有一种人性的罪与盲,陷入一种普遍主义的光景。

同时还看了一部美国的《血腥人贩》故事,据说是改编自真实的诱拐幼女事件,也能强烈地感受到这一点。

无论是白雪梅,还是墨西哥女孩艾德里恩娜,她们最后都得救了，人性的光芒还是穿过厚厚的云层照耀在了大地上，也许只是一小块。

　　它同样也使我想到了《狗镇》。尽管我周围有许多人都不喜欢，受不了拉斯·冯·提尔把人性皆恶推到极致。但我却很喜欢，也许我骨子里一直就觉得人性乌托邦并不可靠。一个被黑社会追杀的女子格蕾丝逃到了世外桃源一般的道格维尔镇（像东莫村一样？），他们帮助这个逃难的女子，但他们也要回报，但他们的回报却一次次升级，到最后连底线也没有了——它甚至连一个叫李青山的小孩也没有，那里的小孩也是如此地令人恶心。格蕾丝是善良的，她被他们像对待牲口一样地凌辱，但最后他们的命运（生或死）皆取决于她时，她甚至还因为给他们带来了恐惧而羞愧。当最后的枪声响起来，整个小镇的人全被杀死后，那些被这个电影所折磨的人们终于松了口气：恶有恶报，全都应该死。但我在这一刻却感到了彻骨的绝望：就连格蕾丝也绝不宽恕他们，最后的一点点人性的光芒也熄灭了。这部电影里同样有个和《盲山》里德诚一样虚伪的年轻人，她爱他，他也是小镇上唯一一个没有在身体上凌辱她的男人，但这个男人同样是可恶的。人性之恶，使这部电影似乎不适合女孩子看，尽管它一直是电影学院的观摩影片。

感谢老兵

上午接到一位老首长的电话,他指出了《冷的冬,热的雪——刘邓大军在1947年那个寒冬》后记上的一个错误——这是一个很不好的错误,和生者有关,我在这里就不说了。如果他知道了,我会诚挚地向他道歉。

最感动的是这位老首长对这部书的肯定。他在石家庄的一个干休所,原六纵十六旅的,参加过千里跃进大别山,是当年这场战争的当事者。他讲了他当年亲历的一些事情,说那时解放军的确很艰苦,情况很复杂。他认识两个参谋,前一天还在一起嘻嘻哈哈地吹牛聊天,第二天,两个人就开小差跑了。老人还说,像你写的这样的书,现在很少,非常真实,说出了实际情况。电话声音很杂,我没听清,好像他是从孙子那里听说的这部书。这位年轻人从网上买了一本,看完后才知道自己的前辈的经历原来如此惊心动魄。他又买了一本书送给了这位老首长。

这是对自己写作的最大的褒奖。这本书出版后,一直没有刻意宣传,潜意识地还害怕那些当年亲历过千里跃进大别山的老人们看到,那是他们一生中最艰苦的日子,可能也是最痛苦的日子。但在我们的正面叙述中,却成为了他们一生中最为辉煌的,看不到他们的牺牲和努力，所到之处，就像是"武装游行"一样。这对他们是不公平的，特别是对那些牺牲在大别山的战友们。但他们能接受另外一种叙述吗？因为这样的担心，所以没敢送书给那些老首长们。好在这是做军史时的副产品，那套军史已经出版，按照规定，我们给采访过的每个人都要寄一套的，我负责的那部分，大别山基本上也是那么写的。

感谢这位老首长，他让我对自己的写作更加自信了。我对这些老战士们充满敬意，曾经采访过两三百人，有十分之九的老首长，都能真实地给我们讲述他们经历的战争。他们口述的战争，我们是不可能从书上看到的。

永远都感谢他们，他们使我真正地认识到了什么是战争，也使我的写作，包括战争小说，具有了方向感。唯愿他们能幸福地安度晚年，健康长寿！

忽然一周

这一周神勇非常，写了两个短篇小说。这可是第一次写短篇，不容易啊。至少通过写这两个短篇，对写短篇小说有些心得了。难得的是，写得都很过瘾，至于是好小说，还是坏小说，那是另一回事了。写自己的小说，让编辑去说吧。

第一个小说是《高人之死考》。实际上就是写沙飞的。这个小说写得很艰难，一个星期都在忙着这个事，经过无数次的开始，又无数次地半途而废，终天在前天下午，利用一整天的时间把它一气呵成了。

既然是"考"，那就是考证，丁玲、王实味都在小说中出现了，有鼻子有眼，还真像那么回事。

我写的是作家高文，实际上是献给摄影家沙飞的。

大约两年前时，在一个偶然的机会里听一个朋友说起沙飞，说他在患有精神病的情况下枪杀了在解放战争中为解放军服务的日本军医津泽胜，1950年3月4日被原华北军区政治部军法处判处死刑，执行枪决。在那样一个场合，我没来得及追问详细情况，但牢牢地记住了沙飞这个名字。

沙飞是我军新闻摄影先驱，他拍摄的聂荣臻将军收留日本孤女的《将军与孤女》成为经典摄影作品。这样一位优秀的摄影家，怎么会成为一个精神病患者呢？

我一直想知道这到底是怎么回事。资料终于找到了。

事情的诱因是他在1947年5月去阜平城厢采访并拍摄当地"土改"新闻照片时，亲眼目睹了当地群众把十余个恶霸地主"凌迟"处死的惨景，精神受到强烈刺激，引发了妄想型精神分裂症，最后导致在1949年12月15日枪杀和平医院日籍军医津泽胜一案。

我在小说中让作家高人是被日本人的残暴行径刺激成精神病了。如果条件成熟，我会把这个小说改成"沙飞杀人事件考"。

第二个小说《苍蝇》。这是从那个中篇《逃跑的子弹》或者说是长篇《战争回忆录》中抽出的一个片断。让我兴奋的是，我把这个地地道道的现实主义片断弄成了我所擅长的荒诞、黑色幽默了。我以为我已经把这套笔墨忘了，没想到它还在。当浮一大白。结尾本来也想抖个包袱，告诉读者，主人公实际上也已经死在战场上了，那是一个鬼魂在叙述，但一看也太"拉美"了，只好忍痛把那一段去掉了，继续让它"荒诞"。

第四辑

四海之内皆朋友

我被惊呆了

卡夫卡是作家的老师。像卡夫卡这样的作家，不但生产自己的作品，而且生产构成其他文本的可能性和规则，作品具有创始性的价值。他的想象力超越现实，近乎于预言家。我很早以前就阅读过卡夫卡。在大学时代，读过《城堡》《变形记》《美国》，还有他的其他短篇小说。我当然还记得最初阅读《变形记》带给我的震撼。但我同时也记得阅读《在流放地》给我带来的折磨。在我看来，它沉闷，不知所云。在二十年后，我重新阅读卡夫卡的小说时，首先挑中的就是《在流放地》。也许在我的潜意识里，我想弄清楚当年读到的到底是一篇什么样的小说。

没想到我一下子被它吸引了。我完全像是第一次读到这篇小说，根本就不忍心停下来，一口气把它读完了。然后，完全被这篇小说惊呆了。我没有看任何导读，不知道其他人是什么看法。我的感受就是，这是一篇和《1984》《美丽新世界》一样的小说，它指向专制主义、极权制度。有了这个感觉以后，我想，它是在苏联建立以后写作的。但我想错了，小说后面有个说明，写于1914年10月，1919年5月莱比锡库尔特·沃尔夫出版社首次发行。也就是说，卡夫卡在写作这篇小说时，十月革命还没有发生。

但卡夫卡的"流放地"和苏联并没有什么不同,"流放地的机构已经十全十美",这和斯大林主义宣称的"天堂"有什么区别?那台杀人机器位于最顶端的是"设计师",很容易让我们想到"老大哥"。它的主人前司令官同时是这个流放地的最高统治者,是军人,也是法官、工程师、化学师和制图师,他是一切。他可以不经过审问,甚至不让犯人知道自己所犯何罪就处死任何人。可笑的是,他们还是以"要公正"的名义。整个流放地和苏联一模一样,在前司令官生前,人们都是他的信徒,他死了,他的信徒也就消失了。而他唯一的军官追随者,最后把自己送到了杀人机器上。流放地只有残酷,没有丝毫人性,在杀人的时候,司令官规定可以让儿童在杀人机器跟前享受观看杀人的细节,这是一项特权——以"爱"的名义戕害儿童的心灵。还有,旅行家本来有一肚子的意见,他想谴责"杀人机器",但他却想:人家可能会说,你是外国人,请少管闲事。读到这里时,我们难免会苦涩一笑。

新任司令官尽管并不想用这个杀人机器了,但我们还未必能松一口气。在小说结尾时,士兵和犯人想跟着旅行家离开这个地方。显然,在其他方面,这个"流放地"并没有什么改变,所以他们才想离开。

卡夫卡写这篇小说时,肯定想不到以后会出现苏联,以及后来出现的一大片"流放地"。这篇小说就是一个奇迹。我也想不通为什么会这样,我只能说,它就是发生了。卡夫卡是个伟大的天才,一个具有无与伦比的预见性的伟大作家。有人还说,他是20世纪文学的先知、时代的先知和人类的先知。不管你信不信,我反正信了。

卡夫卡是在一个压抑的环境里长大的。父亲赫尔曼是一个极端专制的犹太商人,他始终反对儿子写作,并厌恶地拒绝读儿子的作品。卡夫卡在现实中是一个内敛、封闭、羞怯、懦弱的人,他内心极度敏感,非常容易受到伤害,对外部世界保持着距离和戒心。他的写作就是一种回到内心的写作,在经验生活和想象生活中写作。正是因为现实如此不自由,令他恐惧,他的内心才更自由。毫无疑问，文学要求作家必须是一个热爱自由、追求自由的人。

有个评论家很可笑地告诫作家，不能靠二手生活来写作。他在官场，因为要提倡体验生活这无可厚非，但他不一定非要黑白颠倒地误导我们可爱、纯洁的文学女青年男青年。在一定意义上说，作家还真得大量使用二手生活来写作。每个人的经历都是有限的，我们要培育无限的想象力，还是要靠阅读，靠二手生活。一个简单的道理，作家写到杀人犯时，他不可能亲自去当杀人犯去体验，卡夫卡让格里高尔成为了一只甲虫，他卡夫卡不一定也要当一只甲虫吧。还有莫言的《檀香刑》写到的酷刑绘声绘色，莫言也不可能去当一个刽子手吧。还有《红高粱》里的剥人皮。按照那个评论家的说法，我们如果问莫言老师："莫老师，你是不是剥过人皮？"那肯定是很滑稽的。如果照这个评论家的说法，那卡夫卡根本就没办法写作了。卡夫卡生性羞怯，面对陌生人和陌生环境，他是惶恐不安，手足无措的。他在给恋人菲丽丝的信里这样说自己："对人的畏惧我自来就有，不是对他们本身，而是对他们闯入我孱弱的天性的行为，最亲近的人们走进我的房间会使我惧怕，这种行为对于我来说已不仅仅是这种惧怕的象征。"在另一封信里他写道："我最理想的生活方式是带着纸笔和一盏灯，待在一个宽敞的、闭门杜户的地窖最里面的一间里。饭由人送来，放在离我这里最远的、地窖的第一道门后。穿着睡衣，穿过地窖所有的房间去取饭是我唯一的散步。然后我又回到我的桌旁，深思着细嚼慢咽，紧接着马上又开始写作。那样我将写出什么样的作品啊！我将会从怎样的深处把它挖掘出来啊！"他还在日记里写道："我将不顾一切地与所有人隔绝，与所有人敌对，不同任何人讲话。"卡夫卡就是这样一个人，你让他去体验生活，去弄第一手生活资料还真不如杀了他。

最柔软的也是最有力量的

十多年前,我在上大学的时候,曾经写过一个中篇小说《小说是如何诞生的》。我让里面的主人公摘抄了陈染《私人生活》中的三段话。我让主人公非常喜欢陈染的小说。他认为《私人生活》是那个时候出现的非常好的一部小说,特别是小说最后那颗来历不明的子弹,使整个小说的品质一下子达到了质的飞跃。他摘抄的这三段话是:

1. 我不喜欢那种"柏油文化"式的旅游——与很多人在一起,选择最为捷径的路线,花最少的时间,看尽可能多的风景点。我对此毫无兴趣。我更多的是喜欢一个人到野外去,一个还没有加工成风景点的地方,在那里我觉得自己是在外漂泊,迎合我内心中始终"无家可归"的感觉,使我觉得美好。

2. 写作对我个人来说,是一个很好的职业,因为我对于人的内在的丰富性和复杂性有着特殊的兴趣,这使我总是有许多想法和感受。但我不喜欢用口头的表达,交谈是没有结果的,当语句从嘴唇里流淌出来时,它常常是游离了原来的本意,或根本就违背了初衷,起码它无法涵盖内心里复杂而敏感的意图的全部。交谈对于我,很难贴近事物本身的那个微妙的分寸。而我觉得,那一切都埋藏在文字的深处，只有当我把它付诸文字，也就是说当我写作的时候，我才真正感觉良好。好像独自"玩"着一种极为高级的智力"游戏"。我宁愿为这个"游戏"而放弃其他游戏。我独乐其中。

3. 我始终认为：物质的清贫与紧迫，使人的思想敏觉而洞远，远离公众团体后的势单力孤，使个人的内心增长力量。

我写的这个小说是游戏之作，一直没投稿，所以也没有发表，它带有很大的自传性质，把大学里一些好玩的事情都写到小说里了。很明显，我小说中主人公所想的，也正是我所想的。那时非常喜欢陈染的小说，迷恋她的语言，柔软、鬼魅、华丽而又幽暗，像黑夜里行走的巫。

去年读过陈染的一本随笔集。还是喜欢她的小说，但她似乎很少写小说了。陈染、林白、海男是上个世纪"私人化写作"的代表人物，她们把私人化写作推到了极致，成为文坛的绝响。后来的"私人化写作"连她们的十分之一都不到，粗鄙难看，毫无审美价值。至于"美女作家"更是可笑。后来再也没有见过写得那么美的文字，那么柔软而干净的文字了。我曾经去过一次证券公司，后来就再也没去过，那里人人脸上都是一层欲望，一种渴望发财、暴富的焦虑。参加过几次文学活动，特别是作协的换届选举，我从许多人脸上也看到这样的表情。要想从这些作家的作品中读到美，那是不可能的，你只能读到圆滑、世故、狡黠。作家陈冲在《文学自由谈》里曾有一篇针对唱盛派陈晓明的文章《现象学发凡》，他在文章中写道："以我的阅世体会，一个人要把假话当真话说，或多或少还需要一点狡黠，而一个人如果把假话当真话听，就已经缺少一点心眼儿了，听了以后还要当真事儿似的去辩论，就有点儿像老太太相信手机上的中奖通知了。"现在关于文学的各种会，不都是这样？当然了，其他会也是。

我在今年第一期《时代文学》"名家侧影"栏目上看到了陈染，

有她的一篇文章，还有她的母亲、老师、两位女朋友写她的文章。都挺好的。但她的一个评论家朋友的文章显然对她存在诸多误读，我相信女评论家是很关心她的，总是经常给她发励志短信，还有送花之举。千里送鹅毛，礼轻人情重，何况送花？但对一个内心丰富并且只愿在人群中安静生活的人来说，这也是一件容易引人注目的事情，她不会欣喜，只会觉得难堪。她也不需要励志。她很明白自己的力量所在，她之所以有觉得无力的时候，不是因为她远离人群，恰恰是她走向人群的时候。如果她身边有几个喜欢世俗，在意所谓"成功"的人，并且这些人是爱她的，是她的亲人或者朋友，试图好心好意地改变她，她将不再有那种决绝的自信，因而会增添更多的烦恼。一个人如果物质有保障，完全可以远离人群，坚守自己内心的生活，内心生活的丰富程度并不比外面的世界少，只会有更多的诗意。而那些在人群中上蹿下跳的人，他们实际上是可怜的。今天的江湖已经不是昨天的江湖了，现在那些红火的作家，如果他们在文学刊物上消失两年或者三年，我相信他们就真的消失了，没有人会记得他们。而陈染，近二十年不再发表小说，但仍会有人记得她的《私人生活》，还有那些美丽干净的文字。比如我。

前年曾和领导一起去上海安排单位前同事的退休事宜，同样是一位女作家，和她聊了一些当下的文学与电影，她思考的广度与深度，让那次不经意的聊天成为深刻的记忆。我问她，老师怎么不写了？她说，她是很少写了，但她每天仍在看书，看书也是一件非常享受的事情。她并没有远离文学，文学是一种生活态度，这种生活是柔软的，又是异常美丽，并且具有力量的，那是一个比"天下攘攘"更为宽广的世界，完全可以自足，就是《心经》上说的那种无有恐怖、远离颠倒梦想的生活。

写作并不仅仅是为了发表，发表有时反而是无意义的。

在一次青年作家读书班上，王彬彬来讲课，在提问环节，有同学说:"现在有些作家,他在写作,但他无意于发表……"王彬彬表示很困惑:"写作不发表,那还有什么意义?"洞见与盲视是孪生兄弟,连王彬彬这样的学者都有盲视的地方。索尔仁尼琴的时代,他的写作就无法发表,那他的写作还有何意义?写作《大师与玛格丽特》的布尔加科夫同样被剥夺了发表的权利,如果他和王彬彬一样的想法,那他就不会写《大师与玛格丽特》了。

如果我们内心足够强大,当然可以不是为了发表而写作。写作是一种生活态度,而不是生活本身。我对所有不写作的作家都保持着足够的敬意。当然,我更愿意他们写作。在沉默中写作,那是一种更有力量的写作。

哭泣阅读

和一个朋友谈文学。我其实很少谈文学。在大分裂的时代谈文学是件危险的事情。大家如果认真起来，观点南辕北辙，可能连朋友都没得做。其实谈开了也好，有可能感情会更进一步。也有可能愈行愈远，因为知道不是同路人，也没什么遗憾。很高兴和这个朋友很谈得来。

在这些年里，目睹了诸多荒诞和悲惨的故事，见证了应该见证的。文学也许毫无用处，但它是一个坚定的见证者。小说是艺术，这是常识，但还有一个常识紧随其后，就是要在真实的大地上建立艺术帝国，要服从真实的逻辑。他们常用第一个常识反对第二个常识。他们说，艺术要来源于生活。但这种生活，很多时候是被他们定义、控构的生活。他们总是把道德和艺术弄成不共戴天的敌人，而从没想到，艺术本身是具有道德的，真实就是艺术的最高道德。"无权力者的权力就是说真话"，我们不可能保证在日常生活中说的每一句话都是真话，但我们要保持对专业的敬畏，在自己的专业领域里要说真话。

所有的阅读和写作都应该从此岸出发，才有可能到达彼岸。

重读野夫的《尘世挽歌》。我是一个泪腺发达的人，看《丁庄梦》时流泪，看《花腔》时流泪，看《中国地图》时流泪，看《大江大海1949》时流泪。看这本散文集时，还有点犹豫。最初是带着好奇去看的，所以先看了写王朔的，又看了写易中天的，接着看了《革命时期的浪漫》。当他北上离开女友时，泪水慢慢地溢出眼眶。我开始一页一页地看，我已经做好准备，我准备为那些苦难而优秀的人，为那些美好而又备受摧残的心灵流泪，但我没想到的是，当我看到《江上的母亲》中母亲写的遗书时，我突然双手捂着脸恸哭起来，为一个美好生命的消逝而痛苦，为残忍的世界而痛苦。我愿意把最美好的祝福送给野夫坚韧而又充满苦难的灵魂，愿他在这个并不美好的世上活得更美好一些，看到他愿意看到的，得到他要追求的，让他的心平静，让他一直写下去，让众生听到他的声音，听到他埋在心底浸染在每一个汉字中的不屈的哭泣……

文学是让看不到的东西被看到。

在哭泣的大地上写作，那些欢乐虚伪的汉语是对文学的侮辱。那种平静而又节制的语言，悲悯而又诗意的语言，是我们最为尊贵的汉语。我第一次看到这样的语言。我一直有意避免自己的小说成为欢乐合唱中的一员，但我得承认，我仍在使用他们的汉语发声。我有自己的思想，但我没有自己的声音，我的发音和他们一样。

2013年有一个雄心勃勃的写作计划，我希望能完成它。那是一个长篇，我想带领数十万汉字大军完成一场战争，用干净、高傲、贞洁的汉字来修筑这个庞大的帝国，每一个汉字都是站着讲述那个故事。我的期望很高，也许做不到，但我会努力，努力与自己的惰性和惯性作斗争。

海子说："这么长的年头，有时真想问一声：亲人啊，你们是怎么过来的，甚至甘愿陪着你们一起陷入深深的沉默。但现在我不能。

那些民间主题无数次在梦中凸现。为你们的生存作证,是他的义务,是诗的良心。"

小说的良心,不也是这样?

远离颠倒梦想,无有恐怖。

启示录

看完了《四书》。说实话，有点失望。当然不是对阎连科这部小说的失望，而是对我们的文学国情失望。我以为这部小说可能会有一些地方如《古拉格群岛》一样直白、深刻、愤怒、咆哮，但实际上并不是的，阎连科严格遵守了小说艺术的规训，不动声色、平静如常。

这部书读了四天。对我来说，已经是很慢的速度了。没有办法，阎连科的语言不允许我连蹦带跳地从纸上跑过去。一直都很喜欢阎连科的小说，至今还记得当兵时读过的《夏日落》。因为读过这篇小说，我才敢让我的第一个长篇小说《吹个泡泡糖逗你玩》里的一个战士跳楼自杀了。如果没有看过他这篇小说，估计我会让那个战士在指导员的教育下成为一个优秀士兵。看了阎连科的小说，胆子就特别大了。一个作家能带给一个文学青年这样的启示，非常了不起。现在的作家胆子都很小，他们误导了一大批男文青女文青。

我得坦白地说，尽管我喜欢阎连科的小说，但他的《日光流年》和《受活》还一直没看。但迟早都会看的。绕过这两部小说，我还是喜欢他的《丁庄梦》，是那种发自内心的喜欢。作为一个从小在河南农村长大的人，我觉得《丁庄梦》把河南农民写到极致了。在此之前，我没有见过哪个作家能把河南农民写到这个份上。顺便说一下，我老家和阎连科的老家就隔了一座山。经过我三姐所在的那个镇，下一站就是嵩县的白河镇了。有好几次我都想坐车去白河镇一趟，就是想，阎连科的老家是这里的。

《四书》是写三年困难时期。我还真没有读过集中反映这三年的长篇小说。尽管我看过一些纪实书或者文章，但通过阎连科这部小说，我不得不惊叹：还是小说最有力量，能够狠狠击中心灵。《四书》如钝刀子割肉，得有坚强的神经才能抗得住。小说说的是，知识分子在这个时代成为罪人，被驱赶到黄河故道"育新区"改造。小说写的是第九十九区的127名知识分子。犹如"古拉格群岛"，"第九十九区"会不会也成为一个能指与所指无限大的名词呢？希望能成为。在"第九十九区"里，我们见证人性如何堕落，如何拯救。我得老实说，书中隐喻太多，我还不能一一把握，比如用血种麦子，如何解读？"第九十九区"的统治者是一个孩子，如何解读？梁鸿说，这让她想起了文革时的红卫兵。这么浅显的解读我觉得很幼稚，但让我清晰地说出一个所以然来，我也说不清。这也是一部优秀小说应有的品质：它具有多种解读的可能。

说说小说中的人物吧。它对我有一个很有帮助的启发：要把人写复杂。这是常识，但做得不好，就让读者看出不是在写小说，是在做小说。《四书》里没有黑白分明的人物，你不会去恨哪个人物，也不会觉得哪个人物是完美的。比如替导师当右派的"试验"，应该是一个好人吧，但他在捉奸行动中又是那么龌龊；基督徒"宗教"为生存放弃信仰，成为孩子的跟班，有令人不齿的行为，但一直到死，还保存着被毁的圣母像；"作家"似乎是个最坏的告密者，但你不会愤怒，因为你知道这一切是如何发生的，你只会怜悯他。但他最后激烈的忏悔方式，还是让我流泪了，那是一种深深的同情。为了生存，人人都有自己的人性弱点，人人都是罪人，没有例外。研究种粮食的农科院研究员饿死了，他是第一个被人吃掉的人，吃他的人并不是为了活下去，而是为了死，他们有了力气用来上吊了，并且留下遗书，让别人把自己吃了。这还是读书人啊，吃了人，身上还有文明的基因。索尔仁尼琴给我们留下了《古拉格群岛》，阎连科给我们留下了《四书》。

阎连科小说固有的荒诞感仍旧强烈。比如，省长鼓动孩子种出亩产万斤的田，就能去中南海。孩子两眼放光，看见了半空中无数的天使。很奇怪，孩子最后把自己钉死在了十字架上。他走到这一步一点都不奇怪，他身上有成为圣徒的基因。他为什么要这样死去？作者难道是想告诉我们，只有基督教才能拯救我们？即使今天，生活在我们这个神奇国度的人们，还真不知道精神如何获救。孩子应该是死得最幸福的，至少他死得明明白白。

孩子这个人物到底如何解读，这是评论家们的功课。等他们。

写小说的都很感性，我是想到哪里说到哪里，实际上，我也无法说清这个小说。但我知道，它会是一个经典。这些年来，写延安整风的有《花腔》，写文革的有《一个人的圣经》，现在，阎连科写出了《四书》。中国作家其实是有福的，还有那么多空白之处等着他们。他们不缺才华，缺的是发飙的勇气。

这部小说更加坚定了我的一个想法。海明威有个"冰山理论"，大概是针对短篇小说讲的，认为要"用尽量少的文字表达尽可能丰富的意义，将八分之一的冰山表达出来，将八分之七的内容掩藏于语言文字的海洋之中"。对短篇小说来说，这可能有道理（我其实更倾向于直面冰山之下的八分之七，因为我们的过去和现实秘密太多，被掩藏起来的太多，你不写，读者就想象不出来……），但现在的问题是，许多作家把这个短篇小说的写法用在了长篇小说上，无论是写过去或者现实，都只写那"八分之一"。他们忘记了，冰面上的"八分之一"在北冰洋也许可以，但放在中国这块苦难的大地上，阳光一来，它就化了，只留下一摊水，接着蒸发，啥也没有了。

阎连科的小说供养我们的文字，它是血，让我们的文字见血生力，鼓励我们写下的文字也浑身是胆雄赳赳。结合我们的文学国情，这很了不起。

文学叛徒的自供状

利用两天时间把阎连科的《发现小说》细细地读完了。对以文学批评为业的人来说，也许并不严谨，但对我这样的写作者来说，绝对过瘾。和这部书的关键词"真实"一样，这是部心眼实在性情纯真的书，不装。不装，是我们对这个时代最简单的要求，但却像真相一样难寻。如果有喜欢写作的朋友看了这篇文章，想起来去买一本看看，那么，这篇短短的文字就功莫大焉。

阎连科的《发现小说》是一部应该由批评家写的书。这是一件尴尬的事情。阎连科似乎也正是这样想的，所以他会在这部书中说道："文学史已经再三证明，在世界范围内，没有一个作家是伟大、理性并条理清晰的批评家。"但有什么办法呢？批评家与权力结盟，成为冰冷无情的文学机器上最坚固的螺丝钉，同时为拿一点可怜的红包而奔忙操劳，他们有能力也不愿意来写这样一部书。

我向和我同龄的70后作家推荐这部书。70后作家是九十年代走上文坛，那正是"金钱诱惑和特权诱降与新意识形态的约束"（阎连科语）的时代，它们成功了。文学刊物基本上被70后和一帮招摇撞骗的60后作家所把持，这些60后作家已经毫无希望，不必理会。在中国文学这艘泰坦尼克号（现在似乎也可以用动车或者高铁比喻了）撞上冰山之前，70后作家还有机会自救。《发现小说》是阎连科扔给我们的一个救生圈。

在这本薄薄的书中，阎连科把现实主义文学分为了四种：控构现实主义、世相现实主义、生命现实主义、灵魂现实主义。所有的现实主义都指向一个核心：真实。而相对应的真实也分为四种，最糟糕的显然就是"社会控构真实"。"控构"即"控制的定购和虚构"，这时的"真实"实质就是虚假……文学作为意识形态最重要的组成部分，国家需要这样的"控构现实主义"改写历史与现实。它们成功了。即使今天，仍然有作家在为控构现实主义而写作，很多是有意的，但也有的是因为思维固化，以为这就是文学的真义而误入其中、不得出口。这个时代的文学普遍是第二种，即"世相现实主义"写作，"他们常常细碎、巧妙地把几乎人人都感同身受或怀有强烈好奇的风俗作为写作的资源而在小说中津津乐道"。这是最易成功和最为安全的笔墨。翻开文学刊物，几乎满目皆是。文坛上被表扬的作家，基本上就是这两者。经过这样的现实主义管辖与教育，我们的作家和读者的确很难接受其他文学了。

比如阎连科。很奇怪，除了我个别要好的朋友（只有以三或者四计数的年轻作家。我认识的作家不多，不排除还有更多），我接触到的其他以文学谋生的人，很少甚至基本不谈论这个作家，个别谈到的还是不以为然的态度。阎连科告诉他们，除此之外，还有被压抑、被排斥的其他文学，他们不是描摹现实，而是探求现实。这个有着惊人的阅读量和近三十余年写作实践的作家，为他期待的文学创造了一个新的名词："神实主义"。这是他用文学心血浸泡三十余年的"灵丹"，犹如在华山论剑时全无私心地把"九阴真经"公之于众。其实我也明白，同时代的作家并非故意回避阎连科，而是他们无法回避：阎连科的写作是他们文学事业的敌人！阎连科的存在，让他们看到了自己的文学事业的荒谬与可笑。

不管他们了。

这是一个血性依旧心眼实在的河南作家对世界更重要的是对中国文学的看法，一个自称"写作叛徒"的人的文学自供状。"叛徒"是对自身旧有信仰的全盘否定，对自己曾经的执念的彻底抛弃。而公之于众，不仅仅体现勇气，还有让世人分享，寻求同道的呐喊之意。其实，阎连科对小说的"发现"，除了"神实主义"的面目陌生，其他的可以说是常识，他只不过是在提醒我们什么是文学，提醒我们最重要的不是任何知识体系，而是心灵自由。

作家麦家说："我能预见，《发现小说》一定能帮助许多人打开文学梦想之窗，发现和收获什么才是小说。"在控构的现实中，我怀疑这个说法能否成为现实。是的，发现何为小说，同样需要作家像战士一样具有勇气。打仗的时候，指挥员最喜欢给绝望的部下说："挺住最后五分钟。"因为"我们困难，他们更困难"。对作家来说，同样是这样。

温暖与抚摸

并非有意，但这段时间的确集中看了大量有关战争的小说与电影。其中有一个是莫言的中篇《父亲在民夫连里》。非常好的一个小说。

一个类似土匪的强悍的农民，跟随胶东半岛的民夫们推着木轮车往淮海战场送粮食的故事。这家伙把正牌解放军连长指导员耍得够呛，甚至把他们的枪也缴了，自封连长兼指导员，带领一百多名民夫和十多名带枪的共产党员民兵，把粮食一粒不少地弄到了淮海战场。莫言式的滚滚洪水般的语言大军挟裹而来，细节饱满而张扬，喜欢莫言的一如既往地读着过瘾，不喜欢莫言的仍然会视之为洪水猛兽。我属于喜欢莫言小说的那一拨。不知道莫言是什么时间写的这个小说，但至少这几年是看不到类似的小说了。

可能是现实太冷酷了，这些年来，我们的文学总是很温暖。

纯文学几乎成一种类型文学了：小而温暖，小而善良，小而美好着，温情脉脉地抚摸着小小的盛世。完全可以和悬疑小说、奇幻小说并列，称之为"抚摸小说"。

（我这样说，并不是说我的小说就不抚摸了，我的中短篇小说有的也在抚摸。）

《父亲在民夫连里》的结局当然是大团圆，"刁民"父亲在共产党员指导员、连长,以及共产党员民兵的感召下,俨然也成为了一名合格的共产党员,甚至比合格的共产党员更合格。路上所有的这一切,类似于一场"入党"考验。

莫言的优点和他的局限同样明显,他的作品是大而温暖型的,是正儿八经的主旋律,就像这个小说,如果拍成电影,文艺青年喜欢,同时也"抚摸"了那场残酷的战争。

中短篇小说是一个最容易投机的文体,以莫言的这篇小说为例,父亲一开始从民夫连开了小差跑走了,本来是要枪毙的,结尾时却成了一个比共产党员还要共产党员的同志(据说后来还成了英雄)。经历了战争的苦难,目睹了战争带来的灾难,最后却喜欢上了战争。这是既定历史观在照耀莫言去战斗,如果"父亲"最后还是逃跑了,那就不是我们熟悉的历史了。而长篇小说,作家就很难投机了,命运只能由小说人物自己掌握。所以,莫言最好的小说还是长篇。前不久,莫言在一个发言中说,王安忆说他的中短篇小说写得最好。我的看法正好相反,他的长篇小说更好。当然,这是和他自己比,如果和别的作家比,没几个人能超过他的中短篇小说。如果说文学是一场比赛的话,莫言不需要打量别人,他只需战胜自己(他应该有这个实力,也有这个动力与愿望)。

请不要误解,莫言在我的阅读视野中,仍然是非常优秀的作家。这是我自己的看法。因为我们都知道的原因,中短篇小说只能用正确的方式讲述正确的故事,就是像莫言这样才华卓越的作家,也得让民夫连里的父亲被正规军收编,何况其他作家?可能其他作家没感觉到,他们在写中短篇小说时,事实上也被中短篇小说改变着,心胸越来越"温暖"了,小而温暖。所以,擅长中短篇小说写作的,长篇小说一般都很糟糕(70后作家很明显)。当然,也有例外,比如莫言,比如阎连科,阎连科这几年基本上也不写中短篇小说了。

另外，推荐电影《走进炮火》（也有叫《向着炮火》），韩国的一个非常主旋律的影片，可以和我们的主旋律《喋血孤城》（国军第五十七师常德抗战）对照着看。

回到汪建辉的小说中

一个叫许晖的朋友说过这样一句话："在中国生存,写小说是一种耻辱。"

汪建辉的《修改中篇小说》说的就是这种"耻辱":小说是如何被改造出来的。《小城文学》的编辑王先生看到了一个小说,一个女作者写的,他用自己的文学标准把这篇小说改成了一个"知音"体的小说,并最终发表出来了。女作者的小说当然更精彩,也更文学一点,经过王先生的改造,已经完全是"反文学"的小说了。事情的吊诡之处在于:女作者虽然也有怀疑,但她几乎是乖乖地跟着王先生的文学走了,并且还有我们心知肚明的"为文学而献身"的具体实践。

我最初以为王先生的"文学标准"就是如此不堪,甚至对他的身份也产生了怀疑:这完全是个"知音"体杂志编辑,而不是一个文学刊物编辑。王先生从来不曾对自己的"文学标准"产生过怀疑,他的修改过程是真诚的,他是真正地想帮助女作者实现自己的文学梦的。我甚至觉得他蠢得有点可爱。但读到最后却发现,王先生并不蠢,他知道什么是真正的文学。当女作者成为一个"隐私类"小说作家出名后,王先生说出了这样一针见血的话:"文学死了,是我杀死它的！是我亲手杀死它的！！"

这才是汪建辉。汪建辉写过一篇短文《清醒者永远不可能醒来》，大意是说因为清醒到看到了一切，所以不会醒来。王先生就是一个"清醒者"。另一个证据是，他觉得现在的文学像是站在了一个岔路口，一条努力回避现实，一条全力迎合现实。知道真正的文学是什么模样的人，会很轻而易举地把那些真正的文学作品按照时代的要求改造成另外一副模样。这是一个庞大的机制，王先生只是其中的一个零件。

暂时把话题拐到一条岔道上：我丝毫都不怀疑那些力推"美女作家"的评论家编辑们的学识和才能，他们内心里真正的文学肯定不是他们那些夸张的评论文章里说的那种模样，但你永远都别指望他们能清醒过来。只有他们像王先生一样失掉了女作者的"爱情"，被现实遗弃的时候，他们才会告诉人们真相，但那还只能"贴近你的耳朵低声地说"。为什么要低声说呢？哈维尔说，无权力者的权力就是说真话。他们把说真话的权力也自愿放弃了，这当然是件很耻辱的事。事实上，他们还有着强势的话语权力，耻辱感当然就更重一些。清醒者自然永远都不会承认这一点的。所以我们有"伤痕文学"，不会有"忏悔文学"。

可惜那个女作者并不知道这个真相，她在汪建辉的小说中出名后，四处签名售书，可能是觉得自己搞的是真正的文学。也许我错了，她同样是一个"清醒者"，很清楚自己写的是什么，但她宁愿这样，否则她会失去更多。

离文坛如此遥远的汪建辉写出这样一个小说，并不是说他有多大的才情（这个小说其实要逊色于他的其他作品），而是他讲的故事几乎是常识了，但因为我们都很清醒，所以我们都很聪明，知道自己应该如何洞见与盲视，应该如何像编辑王先生说的那样"回避与迎合"。关于这个圈子里的种种"现实"，我们也只是在私下里传播着各种谣言，而在文学作品中根本就不去触及它。只有像汪建辉这样的傻瓜才有可能去触碰我们文学的痛处。

《别人》也是一篇有意思的小说：人通过别人而成为人。有意或者无意地，我们其实都是这样的人（回忆一下吧，从我们出生到现在，父母、老师、领导多少人都在言传身教我们如何做人），我们很清楚"别人"要我们成为一个什么样的人，所以就竭力地成为那样一个人。这个小说其实也算是一个"清醒者永远都不可能醒来"的故事，汪方得最后被朱洪结结实实地修理了一顿，从武林高手的幻觉中清醒过来了，但在他以后的叙述中，他依旧是"孤独求败"，"只能恨自己生不逢时，空有一身武功而无法一试"。他宁愿继续活在梦中。

是啊，谁会愿意看到真相呢？

真相，美好的真相。真相美好吗？编辑王先生的答案是否定的，汪方得的答案也是否定的。真相只有掌握真相的人才会觉得美好，他们可以任意操纵，为所欲为，就像朱洪一样。

这真是一个可怕的真相。

我这样说汪建辉的这两篇小说，当然存在误读及"过度阐释"的可能，但我们必须得承认，误读也是一种理解，文化正是在误读中传播和发展的。

再说一些……

汪建辉的这两篇小说都很有趣。小说中编辑王先生说女作者的话，其实也可以用在汪建辉自己的小说上面："别人把假的事情当真的来写，而她却把真的事情当假的来写。"

这两篇小说都很离奇、荒诞，但又多么平凡、真实。

我们有一种文艺理论："文学的真实"比"现实的真实"更要真

实，即"文学的真实"高于"现实的真实"。这种理论简直是为我们的作家量身打造的，又要真实，又要想象力，就创造了一种"文学的真实"，就像魔术大师玩"脱逃"游戏一样，用这个障眼法来逃避"现实的真实"。我看过一个作家的创作谈，他说"这是一个欢乐和享受的时代"。这可能真的是"别人"的一个事实，但作为一个小说家，如果他真的觉得这是一个"欢乐和享受的时代"，那么他在这个新的时代背景之下所写的小说，就必将面目可疑。

承认人性中的懦弱，就得承认文学面对现实时的无力、惶惑（在我们这个"欢乐和享受的时代"，凡人脑所能想象到的，迟早都会在现实中发生；而现实中发生的，有些却永远不是人脑所能想象得到的）。真正面向现实的小说，只能抽身离开"别人"的这个欢乐和享受的现实。如何既让作品保持尊贵的文学荣誉感，同时又照顾到"别人"朴实、自尊的时代感？在目前来看，似乎只有"虚假"的小说才能担当这一重任，也就是"以虚写实"，这和一个评论家所提倡的"以实写虚"恰恰相反。小说利用"现实的不在"而竭力追逐真实，想想其实是件非常可笑的事情。但对作者来讲，这是一种幸运，为了寻找真实，他必须把全部注意力集中在小说本身，他必须反对自己身上的文学遗产，放弃它拙劣、贫乏的写作技术，寻找一种更高贵的表达方式，这有可能使他的小说向着艺术的自由天堂里飞翔。

这是一种充满智慧的诡计式的写作，它在表面上向文化霸权、读者阅读趣味投降，并借助文化体制让自己的小说文本进入市场流通，但它骨子里保持着神圣写作的贞洁，并对现实幻觉进行绝不妥协的隐喻式书写。

从这个意义上说，这是一个最能锻炼作家的时代。

汪建辉这两篇小说可能做的就是这种努力。当然，我更喜欢的是他那些已经出版或者没有出版的长篇小说。

结论

　　看惯了那些人间烟火十足的小说（我们文坛上的流行小说），汪建辉的这两个小说读上去非常过瘾。我讨厌那种拖着新写实丑陋尾巴的小说，那些写小人物麻木、一地鸡毛生活的小说，小痛苦、小幸福、小情感、小温馨、小善良、小可恶，没有任何趣味可言，尽管他们的语言和结构都很精致。汪建辉的小说即使再粗糙，我仍然会喜欢，就像我不喜欢阎连科《丁庄梦》的语言，但这不妨碍我在内心里向这部小说及其作者默默地表达我的敬意。

　　所以，这篇想到哪里扯到哪里的短文，只是一种建立在个人阅读趣味上的文字。优秀的小说都应该有多种可能性存在，这只是其中的一个可能。

他们终将老去

文章原来的名字叫《战争的关键部位总是要打上马赛克》，看上去更性感一点。但想了想，还是老实一点吧。

突然迸出来"他们终将老去"这句话还是和余戈的《1944：松山战役笔记》有关。这部书我已经细细地看过一遍了，但总还是忍不住不时地拿起来翻翻。那些健在的抗战的老兵不是很多了，余戈说："假如——我是说那种永远不能弥补的'假如'，假如我曾在亲历松山战役的老兵60～70岁的时候，采访过他们中的300个，我敢说，这本书绝对不会是现在这个样子。"这我相信。尽管这已经是部让人震撼的书了，作者付出的强大的劳动量可能会让任何一个写作者都望而生畏——很明显，我也掌握着大量战争秘史，比如千里跃进大别山。余戈所说的"假如"对我的"千里跃进大别山"而言已经成为可能，但我还是没有勇气去写那样一部书——四年时间，常要为一份可能在书中只占很小一点篇幅的档案而千里奔波，甚至要动用各种关系。

若干年后，我肯定会把"千里跃进大别山"重新再写一遍，但现在我还不能。原因很多，请别问我，因为有口难言。

当我们可以相对轻松地言说国军的抗战时，他们已经老去。解放战争呢？似乎一直都不存在自由发声的困难，但事实并不尽然，红旗飘飘永远都是可以的，但血肉横飞则是"不许可"，战争的关键部位总是要打上马赛克。老兵们的回忆文章，包括老首长们厚厚的回忆录里，是不是面目单调雷同的制式回忆？

有关解放战争的战史文学中有什么作品可以站得住的？张正隆有，但张正隆已经用光了他占有的老兵口述史，一部《1949枪杆子》已经露出跑到终点身心疲惫的倦态。如果说《雪白血红》是个莽撞的小伙子，那么，《1949枪杆子》就是一个坐在黄昏藤椅中的老人，貌似浑身上下还洋溢着激情，但那不过是夕阳照耀下的回光返照，浑身散发着对人世间的厌倦。有个电影叫"十分钟年华老去"，张正隆呢？"一本书才华老去"。

以书拟人的话，余戈的《1944：松山战役笔记》就像一个壮年拳击手，沉稳扎实，力量饱满，毫无破绽，无懈可击。

（因为阅读视野的受限，我对有关解放战争的军史文学判断可能有误，如果有朋友能推荐更好的相关图书，我会感激不尽。哦，有一本。卢一萍的《八千湘女上天山》。北京十月文艺出版社。感兴趣的朋友可以百度。）

七八年前，我做军史采访那些老兵时，他们都还健康地活着，这些年来，不时地听到有人去世的消息，也参加过几位老人的葬礼。越来越多的老人身体越来越差了。他们也都终将消失，他们将把他们所经历的战争带进坟墓。若干年后，我们要写他们所经历的战争，只能依靠"星火燎原"吗？"星火燎原"看上去非常宝贵，实则不然，它在讲述一种战争时，同时遮蔽掉了另一种战争，而这一部分，可能是更重要的。

每一场战争都有空白，都有无人占领的无名高地。

生在这个时代的作家是幸福的，因为前人给我们留下的空间太多了。

　　余戈老师接下来可能还做其他抗战的，祝他早日顺利完成，然后将注意力转向接下来的三年战争。这样的作品多了，建立在这个基础上的电影、小说等虚构类作品可能就会更好看一些了。目前，还处在劣币逐良币的初级阶段，建立在制式回忆录基础上的虚构类作品正在走红，甚至还不是建立在制式回忆录上，而就是建立在革命前辈同行的虚构类作品上的。我在信口开河吗？不是的。9月8日的《现代快报》娱乐版有篇新闻"《地下地上》遭遇'抄袭门'"，副标题："石钟山：我才应该当原告"。石钟山说："其实解放前的谍战故事题材都是根据以前《永不消逝的电波》等一些资料为原型的，所以在创作上既然都选择描写那段时间的事情，题材撞车也就不奇怪。"题材撞车是不奇怪，关键是要把自己弄成一个大块头把别人撞得七零八落才好玩啊。像"地下地上"被"潜伏"撞到腰上，似乎还有点疼就不好玩了。长江后浪推前浪，后浪被撞死在沙滩上。好奇怪的自然现象啊。

　　聪明的民族肯定会有无穷的原创力。我衷心盼望祖国更加强大！

　　祖国只有更加强大，我们的作品才会精气神十足。

　　这一点毫无疑问。

在路上

在前年某一期文学杂志上,卢一萍发表了一部中篇小说《二傻》,主编很喜欢这个小说,特别为它撰写了一篇评论文章,称卢一萍是个"文学新人"。其实他错了,卢一萍是个年轻的"老作家"了,他发表、出版的作品并不少,但在喧嚣的文学背景下,他是一个沉寂并且不动声色的人。

卢一萍塑造的"二傻"这个人物,似乎隐含着一种他文学写作的象征意味,有些像他自身的写照,那就是他对文学的"傻劲"使他与热闹的文坛保持了可贵的距离。自这篇小说之后,他发表了《七年前那场赛马》《塔合曼草原情歌》《夏巴孜归来》《等待马蹄声响起》《幼狼》《北京吉普》等一系列中短篇小说。最近,我又读到了他的随笔集《世界屋脊之书》。这是一部和卢一萍的生活和命运紧密相连的书,是一部"在路上"的书,一个孤独的旅者自言自语的书,像卢一萍自身宿命的一种寓言。

十多年前在解放军艺术学院文学系读书时,卢一萍就是一个沉默的人,他把所有的热情和才华都用在了写作上,发表了《蝙蝠》《鱼惑》《诗歌课》《审美与飞翔》《寻找回家的路》等不少中短篇小说。值得一提的是，他还是《芙蓉》"重塑70后"推出的第一位青年作家，这个栏目号称是对"70后"概念进行拨乱反正，但最后却很可笑地比它自己要反对的"时尚化写作"更时尚。卢一萍的先锋写作自然与它纯属两种动物，相互嗅一嗅彼此的气味便会自动远离。他从"70后"的顺风车上抽身而下，消失在了人群中。许多熟悉他的人至今觉得遗憾，但对一个有文学追求的人来说，没有加入这场合唱和狂欢是幸运的，也是值得尊敬的。

相对于喧嚣，卢一萍更加相信沉寂的力量。

我知道卢一萍一直在写作，孤独并且固执地写作着。他不会永远消失，相反只会越来越强大，强大得让人不得不正视他的那些不合群的文字。在文学刊物上几乎消失了十多年的卢一萍，我从来都不相信他是一个短命的写作者，这是我读到他的那部长篇小说《黑白》(《芙蓉》1995年第2期发表)后产生的一个固执的想法。这是一部理想王国破灭的预言小说，一个完美、强大、诗意的王国最后因为一句童谣而毁灭，像一个寓言小说，也像一个长篇史诗，让人畏惧，它的先锋性可能让编辑都难以捉摸，以一个"长篇未定稿"的奇怪形式发表了这部作品。那年卢一萍仅仅23岁，还是一名军校学员。作为同样对文学怀有梦想的人，这部长篇小说的故事和语言让我几乎绝望，我清醒地看到了卢一萍体内蕴藏着的强大的激情与才华。我可以坦白，我那时就把他当作了一个标高，一个值得我用全副身心追赶的文学同人。十年之后，我把他的博客链接到我的博客上时，在他的博客名称下面的注释是"他是我的榜样"。也许是文人相轻，也许是眼高手低，我所称道的作家并不多，但我从来都不隐瞒我对卢一萍及其作品的尊敬。

卢一萍当然仍在写作。在1998年出版了长篇小说《激情王国》以后，他在2001年又创作了一部长篇小说《我的绝代佳人》。这是出生于70年代的作家第一次以"文革"背景为题材的长篇小说，尽管这部小说已经写出来七八年了，但即使若干年以后，无论世事如何变幻，它仍然不会过时。而我们现在所能看到的那么多小说，仅仅一年，甚至几个月的时间，就因为现实环境的变化而惨遭淘汰。我自己就跟风写过一部成长类小说，也就是两年时间，小说已经像个古董了。《我的绝代佳人》以"自传"形式，写了一个叫卢一萍的高中生与女教师丁玛丽的一段有悖常态的恋情。卢一萍为逃避那变态的爱欲，逃离了学校，他成了一位流浪诗人，从此也进入了噩梦般的生活中。他再也摆脱不了他的老师，丁玛丽像空气一样，无处不在。作者还在叙述中巧妙地穿插了祖父刺杀赵高，父亲焚烧圆形宅院等，探讨了"文革"给我们民族带来的深重灾难，和在这些灾难中人类命运的可悲。故事既极端又疯狂，其间既有对理想的执著、对诗意的追求和对人性的揭示，也有人扭曲的、强烈的欲望和绝望、刻骨铭心的爱情。作品看似一个长梦——它有梦境所具备的混乱、无序以及猛然间进入到更迷乱的状况的真实描述，把现实与梦境有机地结合在了一起，亦真亦幻，亦虚亦实，真假难辨，虚实不定。作者还为我们设置了"隧洞式"的结构圈套，那就是越往后阅读，越使人感到潮湿和幽深，对小说艺术作出了勇敢的探索。它可能是不合时宜的，但它永远不会过时。我不敢说这就是一部伟大小说，但它至少具备了成为"伟大小说"的某些潜质。

在这个喧嚣又势利的时代，写作这样的小说的作者肯定是寂寞的。我所认识的一个作家就忧心忡忡地觉得有必要经常在文学刊物上露露面，不然一年时间不到，你就不再是文坛中人。这种焦虑和娱乐圈里的明星们如出一辙，名利就像解放前地主家的狗一样追着作家跑。很幸运的是，从北京毕业回到新疆的卢一萍，有三年时间是在帕米尔高原的边防哨所生活的，身处真正的边缘，他的写作也更多的是一种高原缺氧环境下的自语和自娱。那地方一年大多数时间里积雪不化，别说是狗，连绿草也很难见到，我不知道卢一萍是不是在这三年里习惯了孤独,反正在他调到专业文艺创作单位以后,仍旧在默默地写作,那么热闹的文坛,好像和他没有关系一样,他就是一个纯粹的旁观者。他用了可能有的所有机会在西部游历——他曾环西北边境采访,先后在阿里采风三个多月,走遍了新疆的每一个角落,去了云南的所有地方。他获奖也不少,解放军文艺奖、中国报告文学大奖、国家"五个一工程奖",但这些奖似乎仍旧没有给他带来什么名声,没有评论家关注,没有人像评论"美女作家"那样写"卢一萍论"。而事实上,他的那一部洋洋30余万言的纪实文学《八千湘女上天山》就让一些"美女作家"所有的作品都黯然失色,我认为,这是一部近年来真正具有文学力量的、可以和白俄罗斯作家阿列克西耶维奇的《锌皮娃娃兵》(乌兰汗译,昆仑出版社1999年出版)媲美的纪实文学作品。这不是我一个人因为偏爱而有些偏执的想法,著名作家董立勃先生就称,他把这本书放在床头经常翻,"有了这本书,关于新疆湘女的题材,再用纪实文学来写作,就是很难的一件事了,类似的作品可能不会再有了,同类的长篇小说也难以比得过它的分量"。

  我和卢一萍并不是很熟悉。就在他毕业那一年,我也到了他所在军校的另一个系读书。但我们都是那种话不多的人,除了偶尔在一起交流看到了什么新书外,几乎没有私下交往,然后就再也没有见过面了。有一段时间,我们甚至都失掉了联系。但这并不妨碍我多少次遥望新疆,感慨它的神奇与瑰丽,它适合怀揣利刃,背对文坛修炼绝世武功,并且充满自信,从不自欺欺人。一个重要的细节是,前些年,卢一萍一直雄心勃勃想写一部长篇小说《乡村诗篇》,讲一家人怎样把死在异地的亲人的尸体背回故乡的故事。写了数章后,他读到了福克纳的《我弥留之际》,才知道有人已经把这个故事非常经典地讲出来了。卢一萍在他的一篇随笔里说:"这时,我只能满怀敬意地放弃,或寻找别的表达方式。"这是七八年前的事情了,而我们知道的是，就在去年，一个很有名的作家也把这个在现实中发生过的新闻故事写在了他的小说中，还差点引发了一场抄袭诉讼。卢一萍的定力与固执、坚守与放弃，都源于他对文学品质和探索精神的忠诚和迷恋。无论是被冷落或者被喧嚣包围，我相信卢一萍依然会是一个清醒者，他依然会满怀创作的热情、纯洁的理念、献身的精神，坚持自己的写作方式，恪守自己的文学梦想和野心。我当然不知道他的文学野心是什么，但一个在十多年前搭着"70后"的便车一路凯歌进军文坛，却能够一声不吭地抽身而去，并且隐忍这么多年仍在默默写作的人，一个面对各种诱惑无动于衷的人，无论从哪个方面来看，都像是一个有文学野心的人。即使他没有，他的那些作品也是一些有野心的作品，那些充满诗意的语言，那些让人感到陌生而又无比真实的故事，那种对人类生存境况的卓越的、寓言式的表达，那种文体自觉的创造精神，那种奇异的、瑰丽的想象力，都使它们具备了文学本身应有的品质。

是的，他在路上，在孤独的背景下生长，在良知的天空中飞翔，在向文学圣殿进军的路上歌唱。我愿意和每一个人打赌，这个叫卢一萍的男人，他不会放弃，他会永远在路上探索。

拒绝梦想，也拒绝庸俗

"一九九三年。他阅读了贾平凹所著《废都》，也正是因为这部书，他开始尝试写作。"一个被贾氏的《废都》带上文学道路的作家写的小说，会是一部什么样的小说呢？至少应该活色生香吧。这里的"他"当然不是这部小说的作者黄孝阳，而是小说中的"他"。这是一个很有意思的结构："他"是主人公，也是写这个小说的人，但"他"同时也被别人叙述，这人就是黄孝阳。这种写作伎俩类似"俄罗斯套娃"，看惯了那种单调重复的现实主义作品，这个小说的确会让人心动。更让人心动的是小说中所写的那些女人和爱情。

那些女人都很美丽，但那些爱情都很残酷。作为一个阅读过大量文学作品的人，我觉得我经历的爱情够多的了。爱情是什么？是"山无陵，江水为竭，冬雷阵阵下雨雪，乃敢与君绝"，是梁山伯与祝英台，是罗密欧与朱丽叶……，但"他"的爱情，抑或说黄孝阳讲述的爱情故事，和我在古今中外文学经典中所经历的爱情都不一样。整个阅读过程惊心动魄，有几次忍不住停了下来，重新把已经玩过无数遍的《红色警戒》装在电脑上，我可以忍受这个我闭着眼睛就可以打个通关的游戏，但就是有点受不了这个小说中所讲的爱情。黄孝阳就像一个可恶的医生，他把女人和爱情当作试验品，在刺目的灯光下，用锋利的解剖刀划开了她们美丽的胴体，结果我们看到了爱情的内脏——它可能不是美的，但它是真实的。比如少年真诚的爱情，真诚得甚至连自尊都不顾，只是为了能有更多的机会和那个小女孩在一起，但在他们长大成人后，她却成了靠出卖肉体为生的小姐；比如一个美丽的女知青暗恋着一个男人，她为了救那个男人，自己身败名裂，但那个男人却是一个平凡得不能再平凡的男人；比如"他"千里投奔一个网上认识的女人，但这个女人却可以在两个月后和另外一个网友约会，而她约会的网友却是一个喜欢玩弄文学女青年的龌龊男人……

在一定语境下，文学实质就是一种麻醉品，现实主义是通过对现实的盲视，现代主义是通过对现实的逃避，麻醉作家自己，同时也麻醉读者。就爱情而言，大量的文学作品已经制造出一种爱情幻象。这可能也是合理的，它是社会的润滑剂，引领人们更有理由好好地活下去，好好地享受人生和爱情。艺术模仿生活，生活也在模仿艺术。那些殉情自杀的年轻人多半内心里都有一颗文学的种子。但黄孝阳却无情戳穿了爱情神话：爱情是烛，燃到后头，满桌灰烬。他把覆盖在爱情表面的那层清澈的水吹开，露出了冰冷的泥巴。相信爱情的似乎都不得好死：李勇从家里偷了几百块钱，扒上火车去找英莲，结果被车碾死了，血肉模糊稀巴烂的一大团；抛下一切追寻爱情的沈萝，找到的那个人却是一个吸毒的伪君子，把她的人生全毁了……而那些视爱情为游戏的人却仍旧活着，比如主人公"他"。"他"爱上了一个女孩，到处夸张地书写着"我爱你"，犹如一个极端的爱情恐怖分子。我正在为他的这种有点偏执的爱而感动时，黄孝阳却笔锋一转，"他"怀揣着爱情坐在肯德基店里等火车时，看到所有的女孩想到的都是性，并且还真的把其中一个女孩领到宾馆去做爱。可能也不叫做爱，因为那个女孩只是一个妓女而已。

但他居然没有丝毫的愧疚。"他"爱自己的妻子沈萝，觉得自己甚至可以为她而死。"他"认为这是真的，但这并不影响"他"与别的女人调情并做爱。在沈萝进了戒毒所后，他跟着记者朋友去戒毒所看了她的案卷，但他甚至有可能就根本没去看她。他的痛苦和忧伤是如此的虚伪和令人恶心，但这可能也就是一种生活真相。

文学就是一种梦，并且是美梦。这个小说就是一个典型的架构现实与梦之间的桥梁。但黄孝阳却告诉你，文学建构起来的幻象可能就是一个彻头彻尾的噩梦。用小说中那个叫艾吾的女孩的话说，梦是生活的蜜糖。又或者说，现实不过是梦这个汪洋大海里的一个小冰山，而整个冰山上又是一个古罗马风格的圆形斗兽场。

也可以联想到西班牙的斗牛场。黄孝阳这个小说就像斗牛场里那头发疯的公牛，它血脉贲张，奋力一顶，就把罩着美丽斗篷的斗牛士掀到了一边，甚至用蹄子在他的肚皮上踩出了一个大洞，露出了肮脏的内脏。所有的观众都惊呆了，他们本来想看一场盛大演出，不料却到看到了他们最不愿意看到的吞噬一切的真相。

我同样也被这样一个真相所困惑：在沈萝的故事中，黄孝阳为什么给带走沈萝的那个龌龊男人那么一个暧昧的身份？他可能是这个小说中最可恶的一个男人，但他本来也是一个被损害和被侮辱的。我们可以装作他并不存在，但不能再伸出手推他一把，哪怕是在小说中。他本来应该有一个更实际一点的现实身份。就连沈萝所说的"人是为梦想而活的，我们有权利拒绝庸俗"，同样遭到了主人公发自心底的嘲笑。黄孝阳的写作和普通意义的现实主义并不一样，他难道也害怕他们？文学是否只有通过剔除附加在生活表面的"神性"，才能真正抵达自身的神性光辉之处？难道生活真的就不能有一点梦想？我不敢肯定，这是不是从另一方面验证了哈维尔所定义的这个时代："在这里梦想者已无容身之地。"

我知道黄孝阳是一个对文学有野心的人，他肯定在做着这方面的努力。这部小说就具有无限解读的可能性。如果你仅仅把它当作一部事关女人和爱情的小说，一部与"废都"的和解之作，那你就小看黄孝阳的写作了。它试图在一定的社会变迁和文化场域的背景下，向读者提供一幅爱情或者说情爱画卷，用黄孝阳自己的话说就是"女人的清明上河图"。它同时也有可能是一个男人的成长史，只不过是用女人和爱情做壳，暗藏杀机。它能让我们想起自己的童年、少年和当下的生活状态，能够清晰地触摸到我们和我们的社会是如何逐渐变成现在的模样。许多事情我们都愿意把它忘掉，但黄孝阳却顽固地告诉你，这就是真相，这就是生活的本质。这个小说的每一行字都像一把刀子，我甚至听到了刀子划过皮肤的嗞嗞的声音，它让我感到了疼痛与惶惑。我们甚至可以把它当作七十年代到现在的"断代史"来读，是整整一代中国人，男人的女人的精神地图，尽管它可能是"不美"的。用小说中"他"的话说就是，美是功利性的，是人类为了自身需要而臆想出来并赋予其色彩的一个词汇。美拯救不了世界，除非我们对美的理解能突破风花雪月，深深地进入那些正为我们所厌恶唾弃的事物的内脏。我们敢于面对一切我们现在以为的狰狞可怖，洞悉其真相，不为其左右，坦然视之，那时，他们的态度或许就是美的，真正的美。

如果这是真的，那我就说，这是一部最具有美感的小说。

但我仍然认为，这个小说似乎很适合那些对爱情还怀有美好期待的人们阅读，比如情窦初开的少女，她了解了爱情的虚幻才能更好地拥有自己的爱情。只有戳穿了爱情神话才可以得到爱情，这是生活的悖论，也是艺术的悖论，就像反战小说同样需要对战争残酷的书写才能完成。

我甚至还想，最好让那些还没经历过爱情的少男少女都来读读这部小说，这样他们才能更好地把握他们的爱情，把握他们的幸福。这当然也只是其中的一个阅读可能而已。

尽管真相是如此不堪，甚至让人丧气，但这部小说仍旧是好看的，它至少比那些披着现实主义的皮但和现实没一点关系的小说要好看。因为它会告诉你一些真实的信息，人生的或者人性的。这就使它和那些讲述一大堆面目相仿味道一样故事的小说拉开了距离。那些小说功利性十足，面目可憎，但我们又被它们包围着。黄孝阳这部小说就像一把锋利的刀子，他是不是想用这把刀子从这些庸常的小说中杀出一条血路呢？

它的确是把刀子，面向爱情，面向现实，面向人性，也面向势利的文坛，甚至面向读者，有力地刺了出去。或许它是悲壮的，但它是有意义的。

现实军营的另一张脸

这十多年的时间里，军旅作家几乎没有拿出一部具有说服力的反映现实军营生活的长篇小说。书店里军事文学专柜里作品依然琳琅满目，但基本上都是没有从军经历的军迷们的作品。除了战争，多数是写特种兵的。他们写得好吗？作为一个有二十年兵龄的老兵，我对自己的这个说法负责：他们写的，是他们想象中的军营，和我们真实的军营毫无关系。

让人失望的是，军旅作家同样提供不出令人信服的小说文本。专业作家进入了老龄化阶段，创作力衰减，仍有能力写作的又移情影视创作。军事文学的振兴只能寄托在成长中的70后军旅作家身上。

他们不会让我们失望。《西南军事文学》编辑、年轻的军旅女作家王甜长篇小说处女作《同袍》最近出版，对任何一个关注、热爱军旅文学的人来说，这都是一部值得赞美的作品。无论是就军旅小说的整体创作还是就我们的阅读感受来说，《同袍》都将具有里程碑式的意义。我的这一说法并不是简单的激情流露，而是一个一直关注军事文学发展的阅读者的冷静判断。

新军事变革给军队带来了翻天覆地的变化，这是第一部能够反映这种变化的军事题材长篇小说。它所反映的当下军营里的官兵关系、思想感情、军队文化、表情肌理都有别于已有的军旅小说文本，它的每个细节和情节都是我们在以往的军旅小说中没有见过的，所有的人物都是第一次在军旅小说中出现。可以说，这是一部完全没有传统军旅小说影子的崭新作品，带着前所未有的气味和芳香。

它填补了一个空白：时代需要一部与当下军队变化相匹配的小说。

优秀的小说总会给我们带来出乎意料的观察生活的视角，甚至引导我们用新的思维认识现实，思考生存。王甜小说中的人物是二十八个刚刚进入军营的地方大学生。这也是十年来军队最大的变化，它以前所未有的力度吸引高学历的人们加入军队。这部小说就是用他们的眼睛来观察军队。可以说，高度集体化的军营是台巨大的规训机器，它撒下一张无所不在的"集体"罗网，要求所有的官兵按照军队希望的模式训练，用一系列严密有效的规定、制度培养军人，最终使人遗忘自身的存在，消失个性，成为机器上一颗有用的"螺丝钉"，或者一块哪里需要哪里搬的砖头。个性在军队里只能被"活活整死"。在以往的军旅小说中，它无往而不利。但在王甜的小说中，它遭遇了从天而降的"三高"（高学历、高素质、高水平）大学生的挑战。大学生准军官与队长、班长、股长，甚至政委等传统军人之间的攻与守、伐与战、服从与反抗，于无声处你来我往，见招拆招。大学生干部与整个集体作战，是鸡蛋与石头的关系，但他们不是简单的鸡蛋，而是三高"鸡蛋"，这样的战争就很精彩。他们进攻，他们坚守，他们退却，他们被改变，但并没有被"规训"成丧失个性的平庸一员，相反他们也在悄悄地改变着军队。对他们进行"规训与惩罚"的队长、班长、政委等人慢慢地被他们所影响，在身体里沉睡已久的青春的或者说理想主义的冲动被唤醒，重新用自己的眼睛来观察现实，用自己的心来感受生存。在这个过程中，王甜"用事实说话"，绵密扎实的细节支撑起整个小说。毫无疑义，王甜有一双观察生活的毒辣眼睛，同时还有过硬的创作能力。两者结合，成就了这一部崭新的军事题材小说，犹如从天而降。

我毫不掩饰我的激动。我们当下的军营已经不是朱苏进们的"炮群"里的军营，也不是胡编乱造、夸张离奇的"特种兵"们的军营，而是活生生的发生了质的变化的军营，是王甜《同袍》里的军营。如果你想知道当下真正的军营是什么模样，请你去读《同袍》。这多么像妖冶的广告，但我仍然忍不住要这样说，因为这是真的。

《同袍》的出现，很可能预示着军旅文学一个崭新时代的开始。有能力书写当下军营生活、有能力对战争进行更加深刻的审视与观照的年轻军旅作家已经成长起来，他们的写作将不同于他们的前辈，甚至具有颠覆的可能。《同袍》只是一个开始，一个最直接的证明。

萧潇和她的写作

去年的时候,萧潇出版了一部中短篇小说集《我是一条八零后的狗》。

很喜欢其中的《我是一条八零后的狗》。这篇小说写得没心没肺,一个个文字就像一颗颗子弹,把爱情啦、美满的家庭啦、贤惠的主妇啦、幸福的日常生活啦,这些我们平常引以自豪的东西,砰砰砰地打得稀里哗啦。你在那里发懵,她却躲在那里看着你嘿嘿地一脸坏笑:你们别在那里假模假式了。

萧潇的小说整个一个坏孩子。玩世不恭、挑衅、戏谑、气势汹汹,让你看得气急败坏却又不得不无可奈何地承认:他还是很可爱的。我是说小说,不是说小说中的"我"。"我"其实和小说文本一样恶毒:大家都这样好好地心口不一地装作很幸福地活着,你干吗在那里絮絮叨叨地把这一切都讲出来啊?都人模人样的,就你,非要说出大家知道但又不敢说出来的真相:我们人人心里都有一条八零后的狗。

她的语言和她的文本一样陌生化。我没问过她,但她肯定是一个从来不看或者很少看文学刊物的作家。我在这篇小说中丝毫看不到文学刊物上那些小说的趣味，一种只可意会不可言传的平庸趣味。包括那些语言优雅、优美实则腐烂的作品，都不可救药（最大的毛病就是叙述假模假式，故事假模假式，情感假模假式……），包括我自己。好在有一点，我知道我要写什么。

我知道这个小说已经辗转很多刊物了，我想告诉萧潇的是，这没什么，对被规驯的刊物来说，它们接受不了这么奇怪的小说。大家都在那里衣冠楚楚的，突然闯进来一个调皮捣蛋的坏孩子，得给大人们一点适应时间。

萧潇在生活中是一个很单纯很阳光的女孩，印象最深的是她喜欢研究星座，并且颇有心得，与人对话几分钟，就能猜出对方星座，并且十有八九还真是猜对了。我们常开玩笑说她是"星座大师"。她出现在哪里，总能带来欢乐的笑声。她具有一种欢乐的气场，在这种气场中，你不得不让自己灿烂起来。但你别以为她真的就如此简单，在没心没肺的嘻嘻哈哈中，她可能已经在心里对你冷笑了。她看人的眼光恶毒而深刻。她只是不说而已。她是一个善良的人，这和她的小说气味一致：在轻松嬉戏的背后，是对我们生存真相的冷酷打量，但仍然不动声色。

萧潇是一个80后的女孩子，主攻小说，也写了大量奇特的评论文字。她是一个忠贞、痴迷的读书狂，她的阅读量不比我们少，甚至远远超过我们。她甚至还在一个文艺评论类杂志上专门开着读书专栏。她的阅读主要面向世界现代文学，她的写作呈现出如此怪异的面目一点都不奇怪：她是站在大师的肩膀上面向整个世界文学写作的。

和她的小说一样，她的评论活色生香，博学、深刻又纵横捭阖，与她的80后稚嫩的岁数形成有趣的反差。她的妙趣横生的文字和她一样年轻，需要调用全副身心来欣赏。这些文字貌似漫不经心，实则娓娓道来，美丽而深刻。这种天真、炫目的文字个性，赋予评论这种原本严肃而刻板的文体以鲜活的血肉，血肉之下，是卓越的发现与穿透力、敏锐的捕捉与概括能力。面对这些令人赏心悦目的文字，我们不得不赞叹她那明澈的头脑和眼睛。

这使我们这些70后的老家伙也充满了斗志：读书，写作，努力，加油！